吉狄馬加

著

代序　吉狄馬加的天空

〔阿根廷〕胡安‧赫爾曼*

聲音依靠在三塊岩石上

他將話語拋向火，為了讓火繼續燃燒。

一堵牆的心臟在顫抖

月亮和太陽

將光明和陰影灑在寒冷的山梁。

當語言將祖先歌唱

酒的節日在牦牛的角上

去了何方？

他們來自雪域

出現的輪迴從未中斷

因為他在往火裡拋擲語言。

多少人在忍受

時間的酷刑

缺席並沉默的愛撫

在天的口上留下了傷痛。

於是最古老的土地

復活在一個藍色語彙的皺褶裡。

恐懼的欄杆巍然屹立

什麼也不會在死亡中死去。

吉狄馬加

生活在赤裸的語言之家裡

為了讓燃燒繼續
每每將話語向火中拋去。

2009年8月22日于墨西哥城
（趙振江譯）

【目次】

003・代序　吉狄馬加的天空／胡安・赫俪曼

013・自畫像

015・回答

016・彝人談火

017・口弦的自白

018・反差

019・老去的鬥牛──大涼山鬥牛的故事之一

022・死去的鬥牛──大涼山鬥牛的故事之二

024・母親們的手

027・黑色河流

028・頭巾

031・做口弦的老人

036・彝人之歌

038・感謝一條河流

039・致自己

040・聽《送魂經》

041・理解

043・古里拉達的岩羊

044・部落的節奏

046・催眠曲──為彝人母親而作

049・感受

050・黑色狂想曲

053・岩石

054・故土的神靈

055・日子

056・消隱的片斷

058・山中

059・苦蕎麥

060・被埋葬的詞

061・看不見的人

063・畢摩的聲音——獻給彝人的祭司之二

064・騎手

065・馬鞍——寫在哈薩克詩人唐加勒克紀念館

067・初戀

069・最後的召喚

072・夢想變奏曲

074・題紀念冊

077・一支遷徙的部落——夢見我的祖先

080・黃昏的懷想

081・秋天的肖像

083・布拖女郎

085・往事

087・題辭——獻給我的漢族保姆

089・彝人夢見的顏色——關於一個民族最常使用的三種顏色的印象

091・夜

093・看不見的波動

095・只因為

097・太陽

098・靈魂的住址

099・致布拖少女

101・無題

102・孩子的祈求

104・一個獵人孩子的白白

107・永恆的宣言

108・獵人的路──一個老獵人的話

110・愛的渴望

111・最後的傳說

113・鷹爪杯

114・獐哨

117・土地上的雕像──致我出嫁的姐姐

120・黃昏──一個民族皮膚的印象

122・瀘沽湖

124・朵洛荷舞

125・唱給母親的歌

128・致印第安人

131・盼──給q.y

132・沙洛河

133・達基沙洛故鄉

134・如果

135・等待———一個彝女的囈語

137・獵槍

138・告別大涼山

141・被出賣的獵狗

142・老人與布穀鳥

144・老歌手

145・老人謠

147・色素

149・假如

150・隱沒的頭

151・黃色始終是美麗的

152・有人問……

153・我想對你說

155・寧靜

157・山羊———獻給翁貝爾托・薩巴

158・陌生人

160・致薩瓦多爾・誇西莫多的敵人

161・信

162・秋日

163・吉普賽人

164・基督和將軍

165・秋天的眼睛

身份

166 · 這個世界的歡迎詞

167 · 最後的酒徒

168 · 最後的礁石——送別艾青大師

170 · 鹿回頭

171 · 土牆

172 · 獻給土著民族的頌歌——為聯合國世界土著人年而寫

174 · 歐姬芙的家園—— 獻給二十世紀最偉大的美國女畫家

175 · 回望二十世紀——獻給納爾遜·曼德拉

179 · 想念青春——獻給西南民族大學

181 · 感恩大地

183 · 我愛她們——寫給我的姐姐和姑姑們

184 · 自由

185 · 獻給1987

186 · 在絕望與希望之間——獻給以色列詩人耶夫達·阿米亥

192 · 敬畏生命——獻給藏羚羊

196 · 獻給這個世界的河流

199 · 記憶中的小火車——獻給開遠的小火車

201 · 地中海

202 · 羅馬的太陽

204 · 南方

206 · 在這樣的時刻

207 · 島

208 · 水和玻璃的威尼斯

209・訪但丁

210・頭髮──寫給弗朗西斯科・林蒂尼

212・河流的兒子──獻給朱澤培・翁加雷蒂

214・無題

215・但是……

217・或許我從未忘記過──寫給我的出生地和童年

219・致他們

220・我曾經……

222・水和生命的發現

223・蒂亞瓦納科

225・面具──致塞薩爾・巴列霍

226・祖國──致巴波羅・聶魯達

227・臉龐──致米斯特拉爾

228・真相──致胡安・赫爾曼

229・玫瑰祖母

231・因為我曾夢想──我的新年賀辭

232・嘉那嘛呢石上的星空

237・一首詩的兩種方式──獻給東方偉大的山脈崑崙山

240・我把我的詩寫在天空和大地之間

243・木蘭

244・羊駝

245・時間的流程──致羅貝托・阿利法諾

246・印第安人的古柯

247・孔多爾神鷹

248・康杜塔花

249・火塘閃著微暗的火

251・身份──致穆罕默德・達爾維什

253・火焰與詞語

255・勿需讓你原諒

257・朱塞培・翁加雷蒂的詩

259・我在這裡等你

260・吉勒布特的樹

262・你的氣息

265・這個世界的旅行者──獻給托馬斯・溫茨洛瓦

267・墓地上──獻給戴珊卡・馬克西莫維奇

268・沉默──獻給切斯瓦夫・米沃什

270・詩歌的起源

272・那是我們的父輩──獻給詩人艾梅・塞澤爾

275・雪豹

277・分裂的自我

280・穿過時間的河流──寫給雕塑家張得蒂

281・影子

282・這一天總會來臨

284・塞薩爾・巴列霍的墓地

286・寫給母親

287・追問

288・不死的繆斯——寫給阿赫瑪托娃

289・致瑪麗娜・茨維塔耶娃

292・聖地和樂土

295・我們的父親——獻給納爾遜・曼德拉

299・無題——致諾爾德

300・雪的反光和天堂的顏色

305・致祖國

309・尼沙

311・口弦

313・河流

316・我，雪豹……——獻給喬治・夏勒

338・附錄一　吉狄馬加主要作品目錄

340・附錄二　吉狄馬加主要獲獎目錄

自畫像

風在黃昏的山崗上悄悄對孩子說話，
風走了，遠方有一個童話等著它。
孩子留下你的名字吧，在這塊土地上，
因為有一天你會自豪地死去。
——題記我是這片土地上用彝文寫下的歷史
是一個剪不斷臍帶的女人的嬰兒
我痛苦的名字
我美麗的名字
我希望的名字
那是一個紡線女人
千百年來孕育著的
一首屬於男人的詩
我傳統的父親
是男人中的男人
人們都叫他支呷阿魯
我不老的母親
是土地上的歌手
一條深沉的河流
我永恆的情人
是美人中的美人
人們都叫她呷瑪阿妞
我是一千次死去永遠朝著左睡的男人

我是一千次死去
永遠朝著右睡的女人
我是一千次葬禮開始後
那來自遠方的友情
我是一千次葬禮高潮時
母親喉頭發顫的輔音

這一切雖然都包含了我
其實我是千百年來
正義和邪惡的抗爭
其實我是千百年來
愛情和夢幻的兒孫
其實我是千百年來
一次沒有完的婚禮
其實我是千百年來
一切背叛
一切忠誠
一切生
一切死
啊，世界，請聽我回答
我－是－彝－人

回答

你還記得
那條通向吉勒布特*的小路嗎？
一個流蜜的黃昏
她對我說：
我的繡花針丟了
快來幫我尋找
（我找遍了那條小路）

你還記得
那條通向吉勒布特的小路嗎？
一個沉重的黃昏
我對她說：
那深深插在我心上的
不就是你的繡花針嗎
（她感動得哭了）

---

* 吉勒布特：涼山彝族腹心地帶一地名。

彝人談火

給我們血液，給我們土地
你比人類古老的歷史還要漫長
給我們啟示，給我們慰藉
讓子孫在冥冥中，看見祖先的模樣
你施以溫情，你撫愛生命
讓我們感受仁慈，理解善良
你保護著我們的自尊
免遭他人的傷害
你是禁忌，你是召喚，你是夢想
給我們無限的歡樂
讓我們盡情地歌唱
當我們離開這個人世
你不會流露出絲毫的悲傷
然而無論貧窮，還是富有
你都會為我們的靈魂
穿上永恆的衣裳

口弦[*]的自白

我是口弦
永遠掛在她的胸前
從美妙的少女時光
到寂寞的老年
我是口弦
命運讓我
睡在她心房的旁邊
她通過我
把憂傷和歡樂
傾訴給黑暗
我是口弦
要是她真的
溘然離開這個人世
我也要陪伴著她
最終把自己的一切
拌和在冰冷的泥土裡面
但是——兄弟啊——在漆黑的夜半
如果你感受到了
這塊土地的悲哀
那就是我還在思念

———————
[*] 口弦：一種特殊的口琴，用三片黃銅製成，形狀像魚或蜻蜓的翅膀。

反差

我沒有目的

突然太陽在我的背後
預示著某種危險

我看見另一個我
穿過夜色和時間的頭頂
吮吸苦蕎的陰涼
我看見我的手不在這裡
它在大地黑色的深處
高舉著骨質的花朵
讓儀式中的部族
召喚先祖們的靈魂

我看見一堵牆在陽光下古老
所有的諺語被埋進了酒中
我看見當音樂的節奏爬滿羊皮
一個歌手用他飄忽著火焰的舌頭
尋找超現實的土壤

我不在這裡，因為還有另一個我
在朝著相反的方向走去

老去的鬥牛——大涼山鬥牛的故事之一

它站在那裡
站在夕陽下
一動也不動
低垂著衰老的頭
它的整個身軀
像被海浪啃咬過的
礁石
它那雙傷痕斑斑的角
像狼的斷齒

它站在那裡
站在夕陽下
緊閉著一隻
還剩下的獨眼
任一群蒼蠅
圍著自己的頭顱飛旋
任一些大膽牛虻
爬滿自己的臉
它的主人不知到何處去了
它站在那裡
站在夕陽下
這時它夢見了壯年的時候

想起火把節的早晨

它好像又聽見頭上的角發出動人的聲響

它好像又聽見鼻孔裡發出遠山的歌唱

它好像又嗅到了鬥牛場

那熟悉而又潮濕的氣息

它好像又感到一陣狂野的衝動

從那黑色的土地上升起

它好像又感到

奔流著的血潮正湧向全身

每一根牛毛都像堅硬的鋼絲一般

它好像又聽到了人們歡呼的聲音

在夏日陽光的原野上

像一隻隻金色的鹿

歡快著奔跑著跳躍著

它好像又看見那年輕的主人牽著它

紅色的彩帶掛在了頭頂

在高高的山崗

它的銳角挑著一輪太陽

紅得就像鮮血一樣

它站在那裡

站在夕陽下

有時會睜開那一隻獨眼

望著昔日的鬥牛場

發出一聲悲哀的吼叫

於是那一身

枯黃的毛皮

便像一團火

在那裡瘋狂地燃燒

死去的鬥牛──大涼山鬥牛的故事之二

你儘可以把他消滅掉，可就是打不敗他。

──歐內斯特‧海明威

在一個人們
熟睡的深夜
它有氣無力地躺在牛欄裡
等待著那死亡的來臨
一雙微睜著的眼
充滿了哀傷和絕望

但就在這時它彷彿聽見
在那遠方的原野上
在那昔日的鬥牛場
有一條強壯的鬥牛向它呼叫
用挑戰的口氣
喊著它早已被遺忘的名字
戲弄著它，侮辱著它，咒罵著它
也就在這瞬間，它感到
有一種野性的刺激在燃燒
於是，它瘋狂地向那熟悉的原野奔去
就在它衝去的地方
柵欄發出垮掉的聲音

小樹發出斷裂的聲音
岩石發出撞擊的聲音
土地發出刺破的聲音

當太陽升起的時候
在多霧的早晨
人們發現那條鬥牛死了
在那昔日的鬥牛場
它的角深深地扎進了泥土
全身就像被刀砍過的一樣
只是它的那雙還睜著的眼睛
流露出一種高傲而滿足的微笑

母親們的手

彝人的母親死了，在火葬的時候，她的身子永遠是側向右睡
的，聽人說那是因為，她還要用自己的左手，到神靈世界去
紡線。

——題記

這樣向右悄悄地睡去
睡成一條長長的河流
睡成一架綿綿的山脈
許多人都看見了
她睡在那裡
於是山的女兒和山的兒子們
便走向那看不見海的岸
岸上有一條美人魚
當液態的土地沉下去
身後立起一塊沉默的礁石
這時獨有一支古老的歌曲
拖著一彎最純潔的月牙
就這樣向右悄悄地睡去
在清清的風中
在濛濛的雨裡
讓淡淡的霧籠罩
讓白白的雲縈繞

無論是在靜靜的黎明
還是在迷人的黃昏
一切都成了冰冷的雕像
只有她的左手還漂浮著
皮膚上一定有溫度
血管裡一定有血流

就這樣向右悄悄地睡去
多麼像一條美人魚
多麼像一彎純潔的月牙
多麼像一塊沉默的礁石
她睡在土地和天空之間
她睡在死亡和生命的高處
因此江河才在她身下照樣流著
因此森林才在她身下照樣長著
因此山岩才在她身下照樣站著
因此我苦難而又甜蜜的民族
才這樣哭著，才這樣喊著，才這樣唱著

就這樣向右悄悄地睡去
世間的一切都要消失
在浩瀚的蒼穹中

在不死的記憶裡
只有她的左手還漂浮著
那麼溫柔，那麼美麗，那麼自由

黑色河流

我瞭解葬禮，
我瞭解大山裡彝人古老的葬禮。
（在一條黑色的河流上，
人性的眼睛閃著黃金的光。）

我看見人的河流，正從山谷中悄悄穿過。
我看見人的河流，正漾起那悲哀的微波。
沉沉地穿越這冷暖的人間，
沉沉地穿越這神奇的世界。

我看見人的河流，匯聚成海洋，
在死亡的身邊喧響，祖先的圖騰被幻想在天上。
我看見送葬的人，靈魂像夢一樣，
在那火槍的召喚聲裡，幻化出原始美的衣裳。
我看見死去的人，像大山那樣安詳，
在一千雙手的愛撫下，聽友情歌唱憂傷。

我瞭解葬禮，
我瞭解大山裡彝人古老的葬禮。
（在一條黑色的河流上，
人性的眼睛閃著黃金的光。）

頭巾

有一個男人把一塊頭巾[*]
送給了他相愛的女人
這個女人真是幸運
因為她總算和這個
她真心相愛的男人結了婚
朝也愛
暮也愛
歲月悄悄流去
只要一看見那頭巾
總有那麼多甜蜜的回憶

有一個男人把一塊頭巾
送給了他相愛的女人
可這個女人的父母
卻硬把她嫁給了一個
她從不認識的人
從此她的淚很多
從此她的夢很多
於是她只好用那頭巾
去擦夢裡的灰塵

有一個男人把一塊頭巾
送給了他相愛的女人

或許由於風
或許由於雨
或許由於一次特大的山洪
彼此再沒有消息
於是不知過了多少年
在一個趕集的路口
這個女人突然又遇見了那個男人
彼此都默默無語
誰也不願說起過去
兩個人的手中
都牽著各自的孩子

有一個男人把一塊頭巾
送給他相愛的女人
可能是一次遠方的雷聲
可能是一次初夏的寒冷
這個女人和一個外鄉人走了
她想等到盛夏的傍晚就回來
可是回來已是冬天的早晨
從此她只好在那有月光的晚上
偷偷地數那頭巾上的花格

有一個男人把一塊頭巾

送給了他相愛的女人

但為了一個永恆的等待

天說要背叛

地說要背叛

其實那是兩條相望的海岸

儘管也曾有過船

醒著也呢喃

睡著也呢喃

最後有一天

這個女人死了

送葬的人

才從她珍藏的遺物中

發現這條頭巾

可誰也沒有對它發生興趣

可誰也不會知道它的歷史

於是人們索性就用這頭巾

蓋住死者那蒼白的臉

連同那蜷曲的身軀

在那山野裡燒成灰燼

---

* 在大涼山彝族地區有男人將頭巾送給他的戀人做定情物的習俗。

身份

做口弦的老人

這是誰的口弦在太陽下閃光，多麼像蜻蜓的翅膀。

——題記

1

在群山環繞的山谷中
他的錘聲正穿過那寂靜無聲的霧
音樂會濺落星星般的露珠
處女林會停止風中的舞步
那就讓這男性的振動
在高原湖豐腴的腹部上
開始月光下
愛和美的結盟

2

他蒼老多皺的手
是高原十二月的河流
流褐黃色的音韻
流起伏著的思緒
正緩緩地
剪裁金黃金黃的古銅

3

他的手裡正游過一條自由的魚
它兩翼是古銅色的波浪
他舉起高而又高的礁石
在和金色的魚鱗碰撞
於是從他的童話世界中
將飛出好多好多迷人的蜻蜓

4

蜻蜓金黃的翅膀將振響
響在太陽的天空上
響在土地的山峰上
響在男人的額頭上
響在女人的嘴唇上
響在孩子的耳環上
蜻蜓金黃的翅膀將振響
響在東方
響在西方
響給黃種人聽
響給黑種人聽

響給白種人聽
響在長江和黃河的上游
響在密西西比河的下游
這是彝人來自遠古的聲音
這是彝人來自靈魂的聲音

5

當月亮從大山背後升起
愛在山崗上岩石般站立
纏綿的蜻蜓
匆忙的蜻蜓
甜蜜的蜻蜓
到少女的胸脯上棲息
那些無聲的喇叭花
獨自對著星空呼吸

因為有了一對對金色的翅膀
愛在這塊土地上才如此久長

6

假如土地上失去了金翅拍擊的聲音
假如土地上失去了呼喚友情的回音
那世界將是一個死寂的世界
那土地將是一片荒涼的土地
有什麼比這更令人絕望
有什麼比這更令人悲哀

7

人類在製造生命的蛋白質
人類在製造死亡的核原子
畢加索的和平鴿
將與轟炸機的雙翼並行
從人類的頭上飛過
飛過平原飛過
飛過高山飛過
飛過江河飛過
飛過那些無名的幽谷飛過
我們的老人已經製造了一萬次愛情
我們的老人已經製造了一千顆太陽

看那些蜻蜓金黃的翅膀
正飛向每個種族的故鄉

8

有一天他將默默地死去
為了永恆的愛而停止呼吸
那時在他平靜的頭顱上
會飛繞著一群美麗的蜻蜓
它們閃著金黃金黃的翅膀
這塊土地上愛唱歌的彝人
將抬著他的軀體走向
走向那千古不滅的太陽

彝人之歌

我曾一千次
守望過天空，
那是因為我在等待
雄鷹的出現。
我曾一千次
守望過群山，
那是因為我知道
我是鷹的後代。
啊，從大小涼山
到金沙江畔，
從烏蒙山脈
到紅河兩岸，
媽媽的乳汁像蜂蜜一樣甘甜，
故鄉的炊煙濕潤了我的雙眼。

我曾一千次
守望過天空，
那是因為我在期盼
民族的未來。
我曾一千次
守望過群山，
那是因為我還保存著

我無法忘記的愛。
啊，從大小涼山到金沙江畔，
從烏蒙山脈
到紅河兩岸，
媽媽的乳汁像蜂蜜一樣甘甜，
故鄉的炊煙濕潤了我的雙眼。

感謝一條河流

當我想念你的時候

我就會想到那一條河流

我就會想到河流之上的那一片天空

這如夢的讓人心碎的相遇啊

為了這一漫長的瞬間

我相信，我們那饑渴的靈魂

已經穿越了所有的世紀

此時我才明白，我是屬於你的

正如你也屬於我

為了這個季節，我們都等了很久

這是上帝的意志？還是命運的安排？

為什麼歡樂和痛苦又都一併到來

我知道那命定的關於河流的情結

會讓我的一生充滿了甜蜜與隱痛

致自己

沒有小路
不一定就沒有思念
沒有星光
不一定就沒有溫暖
沒有眼淚
不一定就沒有悲哀
沒有翅膀
不一定就沒有謊言
沒有結局
不一定就沒有死亡
但是這一點可以肯定
如果沒有大涼山和我的民族
就不會有我這個詩人

聽《送魂經》

要是在活著的日子

就能請畢摩[*]為自己送魂

要是在活著的日子

就能沿著祖先的路線回去

要是這一切

都能做到

而不是夢想

要是我那些

早已長眠的前輩

問我每天在幹些什麼

我會如實地說

這個傢伙

熱愛所有的種族

以及女子的芳唇

他還常常在夜裡寫詩

但從未坑害過人

---

[*]　畢摩：彝族中的文化傳承者和原始宗教中的祭司。

理解

跟著我
走進那聚會的人流
去聽豎笛和馬布*的演奏
你一定會親眼目睹
在每一支曲調之後
我都會深深地低下頭

跟著我
但有一個請求
你可千萬不能
看見我流淚
就認為這是喝醉了酒
假如說我的舉動
真的有些反常
那完全是由於
這獨特的音樂語言
古老而又美妙

跟著我
你不要馬上拉我回家
因為你還不會知道

在這樣的旋律和音階中
我是多麼地心滿意足

古里拉達*的岩羊

再一次矚望
那奇妙的境界
其實一切都在天上
通往神秘的永恆
從這裡連接無邊的浩瀚
空虛和寒冷就在那裡
蹄子的回聲沉默

雄性的彎角
裝飾遠走的雲霧
背後是黑色的深淵
它那童真的眼睛
泛起幽藍的波浪

在我的夢中
不能沒有這顆星星
在我的靈魂裡
不能沒有這道閃電
我怕失去了它
在大涼山的最高處
我的夢想會化為烏有

---

* 古里拉達：大涼山地區一地名。

部落的節奏

在充滿寧靜的時候
我也能察覺
它掀起的欲望
爬滿了我的靈魂
引來一陣陣風暴

在自由漫步的時候
我也能感到
它激發的衝動
奔流在我的體內
想驅趕一雙腿
去瘋狂地迅跑

在甜蜜安睡的時候
我也能發現
它牽出的思念
縈繞在我的大腦
讓夢終夜地失眠

呵，我知道
多少年來
就是這種神奇的力量

它讓我的右手

在淡淡的憂鬱中

寫下了關於彝人的詩行

催眠曲——為彝人母親而作

天上的雄鷹
也有站立的時候
地上的豹子
也有困倦的時候
媽媽的兒子
你就睡吧
（有一隻多情的手臂
從那溫暖的地方伸來
歌手沉重的額頭
寂靜如月光的幻影）

天上的斑鳩
也有不飛的時候
地上的獐子
也有停步的時候
媽媽的兒子
你就睡吧
（傳說奇妙的故事
被梳理成少女的小辮
遊戲在天黑之前
把夢想留在了門外）

天上的大雁
也有入眠的時候
地上的獵狗
也有打盹的時候
媽媽的兒子
你就睡吧
（遠處的隱隱雷聲
剩下的纏綿思念
小路雨不會明白
那雨季過後的期待）

天上的太陽
也有下落的時候
地上的火塘
也有熄滅的時候
媽媽的兒子
你就睡吧
（等你早晨醒來
就會長成威武的勇士
假如你的媽媽
已經離開了這個人世
你可千萬不要去

把她苦苦地找尋
因為她永遠屬於
這片黑色的土地）

天上的月亮
也有消隱的時候
地上的河流
也有沉默的時候
媽媽的兒子
你就睡吧
（星星爬上了天幕
山谷裡紫色的微風
早已迷失了踪影
獨有靈魂才能感到
那一種無聲的憂鬱）

感受

從瓦板屋頂飛過
它沒有聲音
還是和平常那樣
微微地振動
融化在空氣中

隱約在山的那邊
陽光四處流淌
青色的石板上
爬滿了昆蟲
有一節歌謠催眠
隨著水霧上升
迷離的影子
漸漸消失

傍晚的時候
打開沉重的木門
望著寂靜的天空
我想說句什麼
然而我說不出

黑色狂想曲

在死亡和生命相連的夢想之間
在河流和土地的幽會之處
當星星以睡眠的姿態
在藍色的夜空靜默
當歌手憂鬱的嘴唇失去柔軟
木門不再響動，石磨不再歌唱
搖籃曲的最後一個音符跳躍成螢火
所有疲倦的母親都已進入夢鄉

而在遠方，在雲的後面
在那山岩的最高點
沉睡的鷹爪踏著夢想的邊緣
死亡在那個遙遠的地方緊閉著眼
而在遠方，在這土地上
千百條河流在月光下游動
它們的影子走向虛無

而在遠方，在那森林裡
在松針誘惑的枕頭旁
殘酷的豹忘記了吞食身邊的岩羊
在這寂靜的時刻

啊，古里拉達峽谷中沒有名字的河流
請給我你血液的節奏
讓我的口腔成為你的聲帶

大涼山男性的烏拋山
快去擁抱小涼山女性的阿呷居木山
讓我的軀體再　次成為你們的胚胎
讓我在你腹中發育
讓那已經消失的記憶重新膨脹

在這寂靜的時刻
啊，黑色的夢想，你快覆蓋我，籠罩我
讓我在你情人般的撫摸中消失吧
讓我成為空氣，成為陽光
成為岩石，成為水銀，成為女貞子
讓我成為鐵，成為銅
成為雲母，成為石棉，成為磷火
啊，黑色的夢想，你快吞沒我，溶化我
讓我在你仁慈的保護下消失吧
讓我成為草原，成為牛羊
成為獐子，成為雲雀，成為細鱗魚

讓我成為火鐮，成為馬鞍
成為口弦，成為馬布，成為卡謝著爾*
啊，黑色的夢想，就在我消失的時候
請為我彈響悲哀和死亡之琴吧
讓吉狄馬加這個痛苦而又沉重的名字
在子夜時分也染上太陽神秘的色彩

讓我的每一句話，每一支歌
都是這土地靈魂裡最真實的回音
讓我的每一句詩，每一個標點
都是從這土地藍色的血管裡流出
啊，黑色的夢想，就在我消失的時候
請讓我對著一塊巨大的岩石說話
身後是我苦難而又崇高的人民
我深信這千年的孤獨和悲哀呵
要是岩石聽懂了也會淌出淚來
啊，黑色的夢想，就在我消失的時候
請為我的民族升起明亮而又溫暖的星星吧
啊，黑色的夢想，讓我伴隨著你
最後進入那死亡之鄉

---

* 口弦、馬布、卡謝著爾：均為彝族的原始樂器。

岩石

它們有著彝族人的臉形
生活在群山最孤獨的地域
這些似乎沒有生命的物體
黝黑的前額爬滿了鷹爪的痕迹
（當歲月漫溢的情感
穿過了所有的虛幻的季節
望著古老的天空和熟悉的大地
無邊的夢想，迷離的回憶
只有那陽光燃成的火焰
讓它們接近於死亡的睡眠
可是誰又能告訴我呢？
這一切包含了人類的不幸）

我看見過許多沒有生命的物體
它們有著彝族人的臉形
一個世紀又一個世紀的沉默
並沒有把他們的痛苦減輕

故土的神靈

把自己的腳步放輕
穿過自由的森林
讓我們同野獸一道行進
讓我們陷入最初的神秘

不要驚動它們
那些岩羊、獐子和花豹
它們是白霧忠實的兒子
伴著微光悄悄地隱去

不要打擾永恆的平靜
在這裡到處都是神靈的氣息
死了的先輩正從四面走來
他們懼怕一切不熟悉的陰影

把腳步放輕，還要放輕
儘管命運的目光已經爬滿了綠葉
往往在這樣異常沉寂的時候
我們會聽見來自另一個世界的聲音

日子

我知道山裡的布穀

在什麼時候築巢

這已經是很早的事情

要是有人問我

蜜蜂在哪匹岩上歌唱

說句實話

我可以輕鬆地回答

談到蟬兒的表演

充滿了夢幻的陽光

當然它只會在

撒蕎的季節鳴叫

唉，一個人的思念

有時確也奇特

對於這一點我敢擔保

假如命運又讓我

回到美麗的故鄉

就是緊閉著雙眼

我也能分清

遠處朦朧的聲音

是少女的裙裾響動

還是坡上的牛羊嚼草

消隱的片斷

有一天獨坐
目光裡密布著
看不見的陰影

許多事情
已經遺忘
對於一個人來說
這樣的時候
並不是很多

情人的面孔
非常模糊
所有回想的地域
都飄滿了白霧

有時
也想睜眼
看看窗外

或許意識的邊緣
確有一片陽光
像鳥的翅膀

身份
056

假如沒有聲音

總會聽見

自己的心跳

空洞

而又陌生

似乎

肉體

並不存在

難道這就是

永恆的死亡？！

山中

在那綿延的群山裡
總有這樣的時候
一個人低頭坐在屋中
不知不覺會想起許多事情
腳前的火早已滅了
可是再也不想動一動自己的身體
這漫長寂寞的日子
或許早已成了習慣
那無名的思念
就像一個情人
來了又走了
走了又來了
但是你永遠不會知道
她是不是已經到了門外
在那綿延的群山裡
總有這樣的時候
你會想起一位
早已不在人世的朋友

苦蕎麥

蕎麥啊，你無聲無息
你是大地的容器
你在吮吸星辰的乳汁
你在回憶白晝熾熱的光
蕎麥啊，你把自己根植於
土地生殖力最強的部位
你是原始的隱喻和象徵
你是高原滾動不安的太陽
蕎麥啊，你充滿了靈性
你是我們命運中注定的方向
你是古老的語言
你的倦意是徐徐來臨的夢想
只有通過你的祈禱
我們才能把祝願之辭
送到神靈和先輩的身邊
蕎麥啊，你看不見的手臂
溫柔而修長，我們
渴望你的撫摸，我們歌唱你
就如同歌唱自己的母親一樣

被埋葬的詞

我要尋找
被埋葬的詞
你們知道
它是母腹的水
黑暗中閃光的魚類

我要尋找的詞
是夜空寶石般的星星
在它的身後
占卜者的雙眸
含有飛鳥的影子

我要尋找的詞
是祭司夢幻的火
它能召喚逝去的先輩
它能感應萬物的靈魂

我要尋找
被埋葬的詞
它是一個山地民族
通過母語，傳授給子孫的
那些最隱秘的符號

身份
060

看不見的人

在一個神秘的地點
有人在喊我的名字
但我不知道
這個人是誰？
我想把他的聲音帶走
可是聽來卻十分生疏
我敢肯定
在我的朋友中
沒有一個人曾這樣喊叫我

在一個神秘的地點
有人在寫我的名字
但我不知道
這個人是誰？
我想在夢中找到他的字迹
可是醒來總還是遺忘
我敢肯定
在我的朋友中
沒有一個人曾這樣寫信給我

在一個神秘的地點
有人在等待我

但我不知道
這個人是誰？
我想透視一下他的影子
可是除了虛無什麼也沒有
我敢肯定
在我的朋友中
沒有一個人曾這樣跟隨我

畢摩的聲音——獻給彝人的祭司之二

你聽見它的時候

它就在夢幻之上

如同一縷淡淡的青煙

為什麼群山在這樣的時候

才充滿著永恆的寂靜

這是誰的聲音？它漂浮在人鬼之間

似乎已經遠離了人的軀體

然而它卻在真實與虛無中

同時用人和神的口說出了

生命與死亡的讚歌

當它呼喊太陽、星辰、河流和英雄的祖先

召喚神靈與超現實的力量

死去的生命便開始了復活！

騎手

瘋狂地
旋轉後
他下了馬
在一塊岩石旁躺下

頭上是太陽
雲朵離得遠遠

他睡著了
是的，他真的睡著了
身下的土地也因為他
而充滿了睡意

然而就在這樣的時候
他的血管裡
響著的卻依然是馬蹄的聲音

馬鞍──寫在哈薩克詩人唐加勒克*紀念館

這是誰的馬鞍
它的沉默
為什麼讓一個
熱愛草原的民族
黯然神傷！
它是如此的寧靜
無聲的等待
變成了永恆
彷彿馬蹄的聲音
也凝固成了石頭
這是愛情的見證
它忠實的主人
策馬跑過了世界上
男人和女人，最快樂的時光
它還在呼喚，因為它相信
騎手總有一天
還會載譽歸來
它是沉重的，如同牧人的嘆息
一個崇尚自由的靈魂
為了得到人的尊嚴和平等

有時候可供選擇的
只能是死亡！

---

* 唐加勒克：哈薩克族著名詩人，曾被國民黨監禁，1947年病逝。

初戀

童年。大人們說，
凡是孩子的臉都圓。
我去問媽媽，這是為什麼呢？
媽媽只是伸手指了指月亮。
那月亮很圓，靜靜地睡在樹梢上。
我想起了弟弟的蜻蜓網，
他怎麼去網這樣一個嫻靜的姑娘。
這時屋檐下，掛滿了金黃色的玉米串，
我想起了少女的項鏈。
於是我們在樹下捉迷藏，
於是我們在月下搶「新娘」。*
不知為什麼，每每我把她尋找，
她便悄悄走到我身旁，
化成了如水的月亮。
她的笑聲，濕透了我的衣裳。
當有一天她長成了一棵白楊，
在原野上為了愛而歌唱。

她騎上花花的馬鞍。
可我不是她的新郎。
就在那天晚上，媽媽說我是大人了。
她叫我把那些穿不上身的小衣裳，

都讓我給弟弟去穿。
可是我藏下了那件，
曾被笑聲濕透的衣裳。
要去尋找那晚的月光，
只有在我的靈魂裡。
我想起了弟弟的蜻蜓網。
他怎麼去網這樣一個嫻靜的姑娘。

---

[*] 搶新娘：彝族姑娘出嫁時，男方家將派人來接，這時姑娘的同伴就要出來阻
撓，而男方家的人為了得到姑娘，便進行「搶」，這是一個很歡樂的場面。

最後的召喚

不幸，他安置的最後一支暗器，卻射穿了自己的胸膛。

——題記

凡是黎明和黃昏的時候他都要到山裡去
為了獵取豹，為了獵取祖先的崇高榮譽
當靈魂對著森林說話，他安下許多暗器
（聽那些山裡人說
他年輕的時候
名字嫁給了風
被送到很遠很遠
因為他
捕獲了好多豹）

他是個沉默的男子漢，額頭上寫滿歷險的日記
只有在那歡樂溢滿高原湖寂靜的時候
他才用低低的鼻音，他才用沉沉的胸音
哼一支長長的山歌，那支歌彎彎又曲曲
讓那些女人的心發顫，泛起無比的波瀾
讓那些女人的鼻發酸，比那黃昏的山岩更燦爛
他的頭顱上有遠古洪荒時期群山的幻影
他褐色的胸膛是充滿了野性和愛情的平原
讓那些女人在上面自由地耕種不死的信念

（聽那些山裡人說
這時他已經老了
但他執意要去
安最後一次暗器
擊中一隻豹
聽那些山裡人說
那天他走向山裡
正是黃昏的時候
他獨自哼著歌曲
這次他真的是去了
從此再沒有回來
後來人們才發現
他死在了安暗器的地方
那最後一支暗器
射穿了他的胸膛）

他倒下了很像一塊星光下充滿了睡意的平原
他睜著眼正讓銀河流出一些無法破譯的語言
讓他死去的消息像一棵樹在山頂上站立吧
讓那些愛他的女人像太陽鳥在樹上棲息吧
一個關於男子漢的故事將在那大山裡傳開
儘管命運有時給人生穿上這樣殘酷的衣裳

身份

（聽那些山裡人說
他的確是死了
只是在他死去的地方
不知過了多少年
有一個死去的女人
在那裡火葬）

夢想變奏曲

假如我是世上最後一個獵人
那麼我將站在地平線上
對著那孤獨的森林
舉槍
（這是最後一支槍
槍裡還有最後一顆子彈）

我看見最後一隻母鹿
我看見最後一隻獐子
我看見最後一隻松鼠
全豎著雙耳
在聽最後死亡的一響
但我終於——
沒有開槍
因為我——
聽見了身後
有人的聲音
以及——
漲潮的海洋

於是——
我轉過身

看見一顆古老的太陽

太陽的影子裡

有我命運的形象

這時我放下了槍

在那死亡的最前方

當然從那一天以後

生命的交響

又將充滿整個人森林

我會看見那顆子彈上

開滿紫色的花

我會聽見那槍筒裡

大自然和人

對情話

而我，將聽見命運的呼喚

走向——

永恆的群山

聽見一位老人說在那裡

沉睡著的是我的祖先

題紀念冊

是的，
是我聽見了她的最後
一句話語。

———題記

這是你的紀念冊
你要我題上一個人的名字
當然是一個偉大的靈魂
（那麼請讓我說明一下
因為這個陌生的名字
對你很遙遠
對我卻不平常
因為我至死也不能忘記）
她曾經
是一個少女
就在她換裙*的那個黃昏
她悄悄地哭了
不知為什麼
總之她是哭了
那年她十五歲
她嫁人了
是騎著一匹白馬走的

身份

山那邊一個牧羊漢追來了

送了她一條頭巾

聽人說

她年輕時很風流

聽人說

她年輕時很漂亮

更多的人說

她是一個最善良的姑娘

接著她當了母親

生了一群孩子

可丈夫卻是個醉鬼

那年她二十五歲

她常常愛大笑，那笑聲很真摯

有一個女人難產

她去為她壯膽，可那女人還是死了

就在那一年冬天

她抱著一個拾來的孩子

在門前折斷了右腿

那時她五十歲

後來她真的老了

常常在火塘邊

為孩子們講故事

有一年的夏天
那是一個長長的夏天
她正講著講著
就如夢地死去
只有那個睡在她懷裡的孩子
才聽清了最後的話語
這是一個星光燦爛的夜晚
那一天她剛好七十歲
她的名字：
吉克金斯嫫彝族婦女常用名。
她的最後一句話：
孩子，要熱愛人

---

* 換裙：彝族少女到了一定年齡，就要舉行換裙儀式，表明從那一天以後，少
  女已經到了成熟的年齡。

一支遷徙的部落——夢見我的祖先

我看見他們從遠方走來
穿過那沉沉的黑夜
那一張張黑色的面孔
浮現在遙遠的草原
他們披著月光編織的披氈
托著剛剛睡去的黑暗
當一條深沉的
黑色的河
從這土地上流過
在那黑暗騷動的群山上
總有一雙美麗的眼睛
——無畏地關閉
可祖先的圖騰啊
照樣要高高地舉起
儘管又一個勇敢的酋長
在黎明時死去

（我看見一個孩子站在山崗上
雙手拿著被剪斷的臍帶
充滿了憂傷）

我看見他們從遠方走來

那些腳印風化成古老的彝文

有一部古老的史詩

講述著關於生和死的事情

可那些強悍的男人

可那些多情的女人

在不屈的頭顱和野性的胸脯上

照樣結滿誘人的果實

當那些神秘的實物

掉落在大地上時

遠方的處女林會發出

痛苦而又甜蜜的回音

於是這土地的子宮裡

便有一棵黑色的樹

在瘋狂地生長

儘管有一對不幸的情人

吊死在這棵樹上

（我看見一個孩子站在山崗上

雙手拿著被剪斷的臍帶

充滿了憂傷）

身份

我看見他們從遠方走來

頭上是一顆古老的太陽

不知還有沒有黃昏星

因為有一個老人在黃昏時火葬了

這時只有那荒原上

還有一群懷孕的女人

在為一個人的誕生而歌唱

當星星降落到

所有微笑的峭壁上

永恆的黃昏星還在那裡閃耀

有一天當一支搖籃曲

真的變成了相思鳥

一個古老的民族啊

還會不會就這樣

永遠充滿玫瑰色的幻想

儘管有一隻鷹

在雷電過後

只留下滴血的翅膀

（我看見一個孩子站在山崗上

雙手拿著被剪斷的臍帶

充滿了憂傷）

黃昏的懷想

如果黑夜
已經來臨
我想說一聲
再見，我的憂鬱
坐在你的身邊
裙裾在漸漸地離去
前額的懷想
開始漂移
你的嘴唇是另一種物質
渴望之情
隱沒於無聲
你的身軀混沌如初
潛藏著一團
遠古的神秘

啊，就這樣獨處
我願坐一個世紀
忘掉時間和歲月
回憶往日的情意

秋天的肖像

在秋天黃昏後的寂靜裡
他化成一塊土地仰臥著
緩緩地伸開了四肢
太陽把最後那一吻
燃燒在古銅色的肌膚上
一群太陽鳥開始齊步
在他睫毛上自由地舞蹈
當風把那沉重的月亮搖響
耳環便掛在樹梢的最高處
土地的每一個毛孔裡
都落滿了對天空的幻想
兩個高山湖用多情的淚
注入雙眼無名的潮濕

是麂子從這土地上走過
四隻腳踏出了有韻的節奏
合上了那來自心臟的脈搏
頭髮是一片神秘的森林
鼻孔是幽深幽深的岩洞
野雞在耳朵裡反覆唱歌
在上唇和下唇的距離之間
虎跳過了那個顫動的峽谷

有許多複雜的氣味在軀體上消溶
草莓很甜
獐肉很香
於是土地在深處夢著了
星星下面
那個戴金黃色口弦的
雲一樣的衣裳

布拖*女郎

就是從她那古銅般的臉上
我第一次發現了那片土地的顏色
我第一次發現了太陽鵝黃色的眼淚
我第一次發現了那季風留下的齒痕
我第一次發現了幽谷永恆的沉默

就是從她那謎一樣動人的眼裡
我第一次聽到了高原隱隱的雷聲
我第一次聽見了黃昏輕推著木門
我第一次聽見了火塘甜蜜的嘆息
我第一次聽見了頭巾下如水的吻

就是從她那安然平靜的額前
我第一次看見了遠方風暴的纏綿
我第一次看見了岩石盛開著花朵
我第一次看見了夢著情人的月光
我第一次看見了四月懷孕的河流

就是從她那倩影消失的地方
我第一次感到了悲哀和孤獨
但我永遠不會忘記那一天

在大涼山一個多雨的早晨
一個孩子的初戀被帶到了遠方

往事

我還記得，我還記得
那天在去比爾*的路上
有一個彝人張大著嘴
露出潔白的牙齒向我微笑

我還記得，我還記得
在那小路彎曲的盡頭
我又遇到了這個微笑的人
他動情地問我去何處
並拿出懷裡的一瓶烈酒
讓我大喝 一口暖暖身子

我還記得，我還記得
在那死寂冷漠的荒野裡
他為我唱的一支歌
歌詞的大意是
無論你走向何方
都有人在思念你

我還記得，我還記得
他披著一件
黑色的披氈

他那搖晃的身體
就像我的爸爸喝醉了一樣
那一對凹陷的眼窩裡
充滿了仁慈和善良

---

* 比爾：一個地方名，在詩人的故鄉。

題辭——獻給我的漢族保姆

就是這個女人，這個年輕時
曾經無比美麗的村姑，這個
十六歲時就不幸被人姦淫了的女子
這個隻身一人越過金沙江
又越過大渡河，到過大半個舊中國的女人
就是這個女人，受過許多磨難，而又從不
被人理解，在不該死去丈夫的年齡成了寡婦
就是這個女人，後來又結了婚
可那個男人竟小她二十歲
最終她還是為這個男人吃盡了苦頭
就是這個女人，歷盡了人世滄桑和冷暖
但她卻時時刻刻都夢想著一個世界
那裡，充滿著甜蜜和善良，充滿著人性和友愛
就是這個女人，我在她的懷裡度過了童年
我在她的身上和靈魂裡，第一次感受到了
那超越了一切種族的、屬於人類最崇高的情感
就是這個女人，是她把我帶大成人
並使我相信，人活在世上都是兄弟
（儘管千百年來那些可怕的陰影
也曾深深地傷害過我）

那一天她死去了，臉上掛著迷人的微笑
歲月的回憶在她眼裡變得無限遙遠
而這一切都將成為永恆
誠然大地並沒有因為失去這樣一個平凡的女人
感到過真正的顫慄和悲哀
但在大涼山，一個沒有音樂的黃昏
她的彝人孩子將會為她哭泣
整個世界都會聽見這憂傷的聲音

彝人夢見的顏色
——關於一個民族最常使用的三種顏色的印象

（我夢見過那樣一些顏色

我的眼裡常含著深情的淚水）

我夢見過黑色

我夢見過黑色的披氈被人高高地揚起

黑色的祭品獨自走向祖先的魂靈

黑色的英雄結上爬滿了不落的星

但我不會不知道

這個甜蜜而又悲哀的種族

從什麼時候起就自稱為諾蘇[*]

我夢見過紅色

我夢見過紅色的飄帶在牛角上鳴響

紅色的長裙在吹動一支纏綿的謠曲

紅色的馬鞍幻想著自由自在地飛翔

我夢見過紅色

但我不會不知道

這個人類血液的顏色

從什麼時候起就在祖先的血管裡流淌

我夢見過黃色我夢見過一千把黃色的傘在遠山歌唱
黃色的衣邊牽著了跳蕩的太陽
黃色的口弦在閃動明亮的翅膀
我夢見過黃色
但我不會不知道
這個世上美麗和光明的顏色
從什麼時候起就留在了古老的木質器皿上

（我夢見過那樣一些顏色
我的眼裡常含著深情的淚水）

* 諾蘇：即彞語黑色的民族，彞族的自稱。

夜

不知在什麼地方
獵人早已不在人世
寡婦爬上木床
呼吸像一隻冷靜的貓

不知在什麼地方
她的四肢在發黴
還有一股來自靈魂的氣味
一雙濕潤的手
蒙住臉，只有在
夢裡才敢去親吻
那一半歲月的冰涼

不知在什麼地方
有一個單身的男子
起來了又睡去
睡去了又起來

不知在什麼地方
月亮剛剛升起
在那死寂的山野
整整一個晚上

沒有一隻夜遊的麂子
從這裡走過

不知在什麼地方
有一間瓦板房
它的門
被一個沉默的人
——敲響

看不見的波動

有一種東西，在我
出生之前
它就存在著
如同空氣和陽光
有一種東西，在血液之中奔流
但是用一句話
的確很難說清楚
有一種東西，早就潛藏在
意識的最深處
回想起來卻又模糊
有一種東西，雖然不屬於現實
但我完全相信
鷹是我們的父親
而祖先走過的路
肯定還是白色
有一種東西，恐怕已經成了永恆
時間稍微一長
就是望著終日相依的群山
自己的雙眼也會潮濕
有一種東西，讓我默認
萬物都有靈魂，人死了
安息在土地和天空之間

有一種東西，似乎永遠不會消失
如果作為一個彝人
你還活在世上！

只因為

讓我們把赤著的雙腳
深深地插進這泥土
讓我們全身的血液
又無聲無息地流回到
那個給我們血液的地方
（只因為這土地
是我們自己的土地）

讓我們放聲地
來一次大笑
用眼裡的淚水
濕透每一件黑色的衣裳
讓我們盡情地
大哭它一場
哭得就像傻瓜一樣
（只因為這土地
是我們自己的土地）

讓我們看見
每一個男人
都用三色的木碗飲酒
要是喝醉了

決不會再有一雙
高傲而又陌生的腳
從你的頭上跨過
讓我們看見
任何一個女人
都用口弦和木葉說話
要是疲倦了
就躺在夢想的經緯線上
然後沉沉地睡去
（只因為這土地
是我們自己的土地）

太陽

望著太陽，我便想
從它的光線裡
去發現和驚醒我的祖先
望著太陽，大聲說話
讓它真正聽見
並把這種神秘的語言
告訴那些靈魂
望著太陽，儘管我
常被人誤解和中傷
可我還是相信
人更多的還是屬於善良
望著太陽，是多麼的美妙
季節在自己的皮膚上
漾起看不見的晚潮
望著太陽，總會去思念
因為在更早的時候
有人曾感受過它的溫暖
但如今他們卻不在這個世上

靈魂的住址

這是
一間瓦板屋
它的門虛開著
但是從來
沒有看見
有人從那裡進出

這是
一間瓦板屋
青草覆蓋了
通往它的小路
可是關於它的秘密
誰也不能告訴

這是
一間瓦板屋
在遠遠的山中
淡忘了人世間的悲哀
充滿了孤獨

致布拖少女

你細長的脖子
能賽過阿呷查莫鳥*的
美麗頸項
你的眼睛是湖水倒映的星光
你的前額如同金子
浮懸著蜜蜂的記憶
你高高的銀質領箍
是一塊網織的懸岩
你神奇多姿的裙祍
在黃昏退潮的時候
為夜的來臨盡情擺浪
你那光滑的肌膚
恰似初夏的風穿越撒滿松針的幽谷
然後悄悄地掠過母羊的腹部

你的呼吸迴旋如夢幻
萬物在你的鼻息下
搖動一顆顆金色的晨露
你的笑聲
起伏就像天上的雲雀
可以斷定
因為你的舞步

山脈的每一次碰撞
牛角的每一次衝動
都預示著秋天的成熟

無題

我們或許早已知道

一個重複的故事

將從這裡開始

我們或許並不明白

一切生的開頭

就是死的結尾

當我們從命運的水灣啟程

我們便注定再也擺不脫

那　種神秘的誘惑

哦，消失的已經早已消失

剩下的只有瞬間的自己

然而誰又能告訴我

在生命和時間之外

那個讓我不安的人究竟是誰？！

孩子的祈求

獵人孩子的夢想很簡單，
獵人孩子的祈求很有限。
只求森林裡常有月亮，
只求森林裡常有星星。
只求有一支友誼的歌曲，
在遠方長久地把我思念。
只求有母愛，
又有父愛。
要是有一天妹妹病了，
爸爸又不在。
只求媽媽
穿過森林，
天上是一片迷人的海。
只求跟著爸爸去打獵，
不在他的身後，
而在他的前面。
只要是真正的男人，
就應當這樣——
無畏地
舉起生命和死亡的宣言，

要是爸爸喝醉了，
──揍我的屁股。
──揍我的小臉。
然後歪歪斜斜地朝森林走去，
那獵槍將在遠方撞響──
血紅的
最後主題。
那時我只求：
爸爸永遠地平安，
爸爸早日地回還。
（淚水淹沒了我的視線）

獵人孩子的夢想很簡單，
獵人孩子的祈求很有限。
只求有母愛，
又有父愛。
只求有那麼一天，
要是我有了孩子，
我決不揍那張──
充滿了
希望的
小臉。

一個獵人孩子的自白

爸爸

我看見了那隻野兔

還看見了那隻母鹿

可是

我沒有開槍

此刻我看見的森林

是霧在那裡泛起最藍的海洋

黃昏把子夜的故事

在樹梢的最高處神秘地拉長

一條紫紅色的小溪

正從蟋蟀的嘴裡流出

預示著盛夏的陰涼

那塊柔軟的森林草地

是姐姐的手帕

是妹妹的衣裳

野兔從這裡走過，眼裡充滿了

寂靜的月亮，小星星準備

甜蜜地躲藏

於是最美的鳥在空氣裡織網

綠衣的青蛙進行最綠的歌唱

當那隻皇后般的母鹿出現

它全身披著金黃的瀑布

上面升起無數顆水性的太陽

十八歲的詩人吉狄馬加銅像張得蒂（雕刻）樹因為它而閃光

搖動著和諧的舞蹈

滿地的三葉草開始自由地飄揚

就在這時我把世界忘了

忘了我是一個獵人

沒有向那隻野兔和母鹿開槍

爸爸

要是你真的要我開槍

除非有一天

我遇見一隻狼

那時我會瞄準它

擊中桃形的心臟

可是今天

我不願開槍

你會毀掉這篇

安徒生為我構思的

森林童話嗎

爸爸
我——不——能
——開——槍

永恆的宣言

小時候，我要戴耳環。
那是戴耳環的年齡了。
阿達*為我穿耳，
他用一片樹葉把我的
耳垂包著了。
在一種從未有過的恐懼中，
我聽見阿達說：孩子
這針穿透的是樹葉，可不是
你的耳。我望著
阿達的眼睛，只是點了點頭。
當針從我的耳垂穿過，
我的血染紅了樹葉。我知道針
穿透了我的耳，還穿透了那層
薄薄的樹葉。
但我沒有哭。
因為從那時起，我就是一個
父親般的男子漢了。

---

* 阿達：彝語父親。

獵人的路——一個老獵人的話

有一天我真的老了
歲月像一隻小鳥
穿過森林的白霧
從我的額頭上飄走
金子一樣的小鳥
銀子一樣的小鳥
縈繞著，撫摸著
一個老態龍鍾的我
它彷彿是一條無名的小河
它彷彿是一首無字的情歌
那時，我會悄悄對你說
在我蒼老的眼裡
不會有一個冬日黃昏的陰影
不會有一抹秋後夕陽的癡情
只是在我的雙目中
會流出孩童般晶瑩的淚
假如你用嘴去品嚐
那裡面只有初戀的甜味
於是我默默地默默地
讓回憶和愛充滿我的路
於是我再不會再不會
因為年輕和幼稚而迷途

我手中那枝古老的獵槍
將扶著我的身軀和頭顱
這時我要對著世界大聲地宣布
如果死了還能再活一次
原諒我，我依然還會選擇
做一個崇尚英雄和自由的彞人！

愛的渴望

黃傘下的少女，一雙渴望的眼睛
一個蘑菇狀的夢，把愛悄悄裏起
空氣擁抱色彩，欲望在天邊
溫柔激盪著和諧
舞步的古樸，踩著大山的高音
流蜜的是口弦，把心放在唇邊
呢喃的花裙，一個立體的海
光拖著一個醉迷的影子
駕著意念在追趕

用美裝飾外形，那是自然的圖案
讓黑髮纏著初戀
羞澀是最動人的純潔
背上那誘人的氣息
是褐色土地的贈予
大山像酣睡中的男人
路是他奇怪的腰帶
那什麼是纏綿的情語呢
她從藍的天宇下走來
以視覺的符號表達需要
臉是豐富的音響效果
愛是目光失落的節奏

最後的傳說

獵人離開人世的時候，
他會聽見大山的呼喚。

——引自獵人的話

死亡像一隻狼
狼的皮毛是灰色的
它跑到我的木門前
對著我嗥叫
時間一定是不早了
只好對著熟睡的孫子
作一次快慰的微笑
然後我
走向呼喚我的大山
爬一座高高的乳房
當子夜時分叩響
潮濕的安魂曲
我在森林世界的
母腹裡睡去
耳朵裡灌滿了泉水的聲音
嘴唇上沾滿了母親的乳汁
天亮了
人們只聽見森林裡

有一個嬰兒的歌聲
獵人們都去把他尋找
可誰也沒把他找到
於是這個神秘的故事
便成一篇關於我的童話
獵人的孩子們
都會背誦它

鷹爪杯

不知什麼時候，那隻鷹死了，彝人用它的腳爪，做起了酒杯。

——題記

把你放在唇邊
我嗅到了鷹的血腥
我感到了鷹的呼吸
把你放在耳邊
我聽到了風的聲響
我聽到了雲的歌唱
把你放在枕邊
我夢見了自由的天空
我夢見了飛翔的翅膀

獐哨*

吹母獐的聲音，

公獐將向著我走來，

死亡就在這個時候降臨了。

——一個獵人的話

我用全部的勇氣吹響獐哨

吹出母獐的聲音

我的肺是濃縮的海洋

一個鼻管是長江

還有一個鼻管是黃河

哨音起伏像黃昏時的波浪

掀起好些看不見的

屬於母性的陽光

氣體是金黃色金黃色的

悄然浮動，那麼長長的綿綿的

這樣溫情纖細的詩行

它好像神秘地嫁給了

那柔軟的光

要不就穿上了一件

雄性能用皮膚

去感覺的

如水的衣裳

但我永遠明白
我是一個男性的吹哨人
每一片樹葉都在為我降落偽裝
我像一次誤了時的約會那樣等待
連焦急也變得神聖
獵槍卻默默地長長地伸著
瞄向那隻遲遲趕來的公獐
讓它走在欺騙的身旁
於是我扎動扳機
公獐迎接了最後的死亡

當我的哨聲和槍聲消失了
片刻過後我好像又看見許多
母性的陽光
把一個世界照耀得那麼的輝煌
不知為什麼，我心裡驟然掠過
一股深秋的風
像北極的冬天那麼悲涼
我把獐哨咬破了
連同嘴唇上的血
甩在了誰也看不見的地方

說實話
那時我有些想哭
還想撒謊
我怕那些愛我的人們知道

土地上的雕像——致我出嫁的姐姐

太陽是我的眼睛
一尊黝黑色的身軀
迎著逆光，向我示意
那是一座山，那是男人的背
斜托著我蜷曲的姐姐
一個羊毛墜子轉成的夢
在頭帕下悄悄地失落
少女眼裡的淚，男人肩頭的汗
空氣嘟著嘴把它吻乾
離情來自土地的邊緣
姐姐，你用藍色描繪男人
那是因為從來沒見過面
頭帕是一張永遠搖動的紙
恐懼的想像必然留下荒誕
在陽光這支金色的奏鳴曲中
我聽見了大山野性的呼喚
草垛中那個熟睡的少女
她的影子還留在一起
一個馨香的記憶，把月亮
揣進了繡花的包裡
就是突然來了風暴，在深夜
姑娘的微笑照樣聖潔

年輕的風，把愛在土地上書寫
一根根長長的羊鞭，拴著了多少
來自黃昏的挑逗和誘惑
你把羊羔般的稚氣，讓
黃傘蓋著，用口弦私語
在小溪邊，你驕傲地站立
太陽為你作了一次黑色的洗禮
從此你的愛就屬於這大山
屬於這土地
只有你和那個憨厚的獵人知道
太陽和月亮的真正含義

此時槍聲在森林中迴響
可沒有獵物匆忙地遁逃
獵人把失戀的煩惱和憤怒
發洩到空曠的地方
目光觸電了，森林在蕩漾
烈酒在他心裡唱歌
森林中每一個平方的時空
都釋放著喧囂赤熱的思想
當他在山峰上向她凝望
衝動讓他最後舉起了槍

但藍天上那翻飛的鳥翅
終於撞開了他善良的心房
那顆子彈連同槍都沉落了
太陽在他眼裡血一般燦爛
土地在他眼裡火一般輝煌
愛在撲朔迷離的色彩中
穿上一件永恆的衣裳

騎著馬鞍的是太陽
雲雀弧線似的輕唱
男子充滿了力的背
帶走了一個不幸的姑娘
那三角形的繡花包裡
裝著一個破碎了的月亮
在遠方，一切都還是想像
在這裡，埋藏了少女的時光
但就在這褐色的土地上
一切都不會把你遺忘
就用這腳下的泥土
我要為你虔誠地塑像
為了一個少女藍色的夢
為了一個獵人失落的槍

黃昏──一個民族皮膚的印象

在涼山這塊土地上
讓我們這些男人騎上烈馬
讓我們盡情地跳躍
當我們的黑髮
化成美麗的陽光
當我們的黑髮
被風聚集成迷亂的騷動的金黃的色彩
這時我們那燃燒著的夢想
這時我們那喧嘩著的夢想
就會在那自由的天空裡飛翔
在那有著瓦板屋的地方
當我們赤裸著結實的身軀
站在那高高的山頂
輕揮著古銅色的臂膀
黃昏就浮現在我們的背上

在涼山這塊土地上
讓我們的女人發出真笑
讓她們歌唱舞蹈
當她們的前胸
在太陽下膨脹
當她們的孩子睡在綠蔭下

吮吸著大地的清涼
這時她們那溫柔的夢想
這時她們那多情的夢想
就會在那友愛的天空裡飛翔
在那有著瓦板屋的地方

當她們袒露出豐滿的乳房
深情地垂下古銅色的額頭
去給自己的孩子餵奶
黃昏就像睡著了一樣

瀘沽湖[*]

有人說瀘沽湖是山姑娘，獅子山是她的母親。

奇怪的是這位母親，永遠不讓自己的女兒出嫁。

——題記

藍色的裙裾在朦朧的霧中失落了。

哦，山姑娘你在哪裡？

去問獅子吧。她是山姑娘永恆的母親。

一個固執得像石頭一樣的女人。

一個由於冷酷過早衰老的寡婦。

好多年了，她把山姑娘緊緊地摟在懷中，

連風也不知道這是長眠著的一個人。

一個不是少女的處女。

一個貞潔得不該貞潔的女人。

風。那充滿野性的風。

這是男子癡情的語言，他曾在岸邊徘徊。

但這一切早已過去了，像　個遙遠的夢。

心。無數男人的心，都沉入了一片死寂的海。

變態的母親，一個無辜少女的墳墓。

山姑娘真可憐，她還沉睡著，睡得是那樣安然。

她裸露著全身，在自己的夢中，

在那綢緞般起伏的床上哭泣。難道她只會這樣？

身份

千萬年了，母親成了石頭，少女的心化成了水。

男人呢？

失戀的打魚人。

朵洛荷舞[*]

是因為荒野太寬了
她們才牽著彼此的手
踩著神經一樣敏感的舞步
要不然，那土地上的
軟綿綿的，紫雲英的夢
就會踩破，就會踩破
留給黃昏幾瓣孤寂的花朵

流吧，淌出的是一條旋轉的河
唱吧，哼出的是一支古老的歌

於是黑夜來臨之前
便有著高傲的心，便有著癡情的眼
還有了疲倦的口弦
可她們的舞步照樣走著，照樣呢喃
對著土地，對著黎明，對著遙遠
一腳踩著一個打濕了的，淡綠色的夢幻
一腳踩著一個溫柔的，溢滿了蜜的呼喚
這一聲，那麼纏綿，那麼纏綿

---

[*] 朵洛荷舞：一種彝族民間舞蹈，姑娘們牽手圍圓圈，踱步而走，邊舞邊唱，
情緒輕柔、優美。

唱給母親的歌

涼山上有不少高山湖，過去多有一對對雁鵝棲息。每年雁行
經過時，大雁都要把子雁送入雁行。子雁不想離開，大雁便
用翅膀拍打子雁，逼其加入雁行，飛去飛回往返多次才能送
走。這一天，附近的群眾都要趕來觀看，婦女無不流淚。

——題記

只因為北方沒有了雪
只因為一次
最遙遠的旅行
從這裡開始
當子雁的叫聲傳來
啊，母親
我真的不敢
大聲地出氣
我真的不敢啊
睜開眼睛

就這樣過了很久很久
我才悄悄朝遠方望去
天上再沒有子雁的影子
地上再沒有子雁的聲音
啊，母親這時你哭了

緊摟著我
不停地抽泣

只因為他鄉也有星星
只因為女人
到了出嫁的年齡
就要遠去
不知是什麼時候
當我騎著披紅的馬走向遠山
我回過頭來看見
夕陽早已剪斷了
通往故鄉的小路
啊，母親
這時我看見你
獨自站在那高高的山崗上
用你多皺的雙手
捧著蒼老的臉
──哭泣
啊，母親
只有在今天
我才真正懂得了
為了那子雁的離去

你為什麼
曾經那樣傷心
啊，母親
我最親愛的母親

致印第安人

瑪雅文化被稱為美洲印第安文化的搖籃，它最突出的、著稱
於世界的輝煌文化，就是它的「十八月太陽曆」。它和彝族
的「十月太陽曆」堪稱為世界文化史上東西兩半球相互輝映
的雙璧。

——題記

今夜，原野很靜
風在山崗上睡去
南方十字星座
流出許多秘密
只有人的血液裡
哼著一支古老的歌曲
這時我想起你
南美的印第安人
我想起有一顆永恆的太陽
幻化成母親的手掌
在一年十八個月裡
撫摸孩子古銅色的臉龐
我想起草原上自由的部落
男人剽悍得像鷹
女人溫柔得像水
於是老人樹在美洲

把星星般的傳說升起
古老的民族
太陽的兒子
美洲因為你
才顯得如此的神奇
我想起土地上那些河流
都是那麼悠久
燦爛的瑪雅文化
一條人類文明的先河
它從遠古的洪荒流來
到如今氣勢照樣磅礡
不絕的民族
傳統的兒子
人類因為你
才看到了自己的過去
童年的自己

今夜，原野很靜
風在山崗上睡去
只有人的血液裡
哼著一支古老的歌曲
這時我想起印第安人

想起了我親愛的兄弟

就在這寂靜充滿世界的時候

我聽見自己的靈魂裡

說出了纏綿的話語

因為在東方

因為在中國

那裡有一支古老的民族

他們有著像你那樣輝煌的過去

有一顆永恆的太陽

照樣幻化成母親的手掌

撫摸他們的孩子

撫摸那古銅色的臉龐

因為在東方

因為在中國

那裡有一個彝族青年

他從來沒有見到過印第安人

但他卻深深地愛著你們

那愛很深沉

身份

盼——給q. y

如果在這裡哭

那眼淚就一定

是遠方的細雨

如果在這裡笑

那笑聲就一定

是遠方的陽光

一個世上最為冷酷的謎

一個人間最為善良的夢

無論你微笑

還是哭泣

都會有一個人默默地愛著你

沙洛河[*]

躺在這塊土地上
我悄悄地睡去
（你這溫柔的
屬於我的故土
最動人的謠曲啊
我是在你的夢裡睡著的）
躺在這塊土地上
我甜甜地醒來
（你這自由的
屬於我的民族
最崇高的血液啊
我是在你的輕喚中醒來的）

---

[*] 沙洛河：詩人故鄉的一條河流。

達基沙洛*故鄉

我承認一切痛苦來自那裡

我承認一切悲哀來自那裡

我承認不幸的傳說也顯得神秘

我承認所有的夜晚都充滿了憂鬱

我承認血腥的械鬥就發生在那裡

我承認我十二歲的叔叔曾被親人送去抵命

我承認單調的日子

我承認那些過去的歲月留下的陰影

我承認夏夜的星空在瓦板屋頂是格外的迷人

我承認誕生

我承認死亡

我承認光著身子的孩子爬滿了土牆

我承認那些平常的生活

我承認母親的笑意裡也含著惆悵

啊，我承認這就是生我養我的故土

縱然有一天我到了富麗堂皇的石姆姆哈**

我也要哭喊著回到她的懷中

---

* 達基沙洛：地名，詩人的故鄉。

** 石姆姆哈：一個在地之上天之下的地方。彝族人認為死者的靈魂，最後都要
   去那裡，過一種悠然自得的生活。

如果

如果你曾經
美麗無比
那就讓這一切
成為我的回憶
如果離別後
你真的有那麼多不幸
那就請到我的靈魂裡
尋找一個
安靜的角落
如果因為過去
你就傷心地哭泣
無論你怎樣
捶打我的肩
我都不會介意
如果有一天
你動人的眼睛
已經由於年老而乾枯
你就讓我望著你
在冬天故鄉的小河邊
經過長時間的沉默後
說一聲：記住吧，我還
像昔日那樣愛著你

身份

等待——一個彝女的囈語

從火塘邊到石磨旁，
白天對於我們來說，很快
就要消失掉。然後
是爬上木梯，然後
是蜷曲著身體睡覺。
每天是這樣，
每月是這樣。
就是半夜醒來，看見
月亮和星星也迷惘。

即使我們到山下的
街上去，買回一個圓鏡，
它也照不見遠處的風景。
最好是坐在木門前，
拿一根針穿透夢，有時
也會把手刺傷，但是
這決不會打擾憂鬱的歌唱。

數不清這是多少個日子，
天亮時總要聽見公雞叫，
只要一看見那紅黃黑的衣裳，
誰都要說：繡得真漂亮！

啊，明日就是火把節了，
在溫暖的草堆裡，影子聽見
我疲憊的骨節開始發響

獵槍

爸爸常說起爺爺的獵槍，
但在我童年夢中從來沒有出現過爺爺的模樣；
我生下地時爺爺早死了，
留下的就只有那支古老的獵槍，
我知道爺爺是一隻豹子害死的……

白日裡，我看見爸爸整天默默無語……

一次，兩次，上百次，成千次向森林中走去
終於有一天槍響了，在森林中迴盪迴盪……

我們恐懼地走進了森林，來到槍響的地方；
爸爸躺在一邊，豹子躺在一旁，
豹子的血和爸爸的血流在一起，
紫紅色的……

告別大凉山

一

當邛海[*]的呼吸在夜色裡靜息
鍋莊石^{**}在遙遠的地方開始沉思
這時整個天空閃爍著迷人的星光
這時整個芬芳的土地在綠色的風中
飄浮著
當我的遐想消失了
當我的思念變成霜
大凉山，我走了，我悄悄地走了
（這時我才感到大凉山
你的愛是那麼內在
就像我沉默寡言的母親）

二

我靈魂的伴侶
我最忠實的黑眼睛的情人
此刻你正解下紫色的頭巾
讓它幻化出房裡一片溫柔的海
那海上停泊著你我的船
為了我的匆匆離去

不要再拉開那沉重的木門吧

我的祝福和最後的微笑

那多情的風會告訴你

當愛用心同你握別

我倚著一棵相思樹

大涼山，我走了，我悄悄地走了

（這時我才知道大涼山

你這母性的土地

永遠是我愛之船停泊的港口）

三

我的朋友假如有一天你孤寂了

請走到那棵密密的相思樹下

這時你一定會聽見

風和樹葉對靈魂的訴說

那時你夢中的星星啊

會無數次地在我眼前閃耀

而我將虔誠地期盼你的目光

幻想高原那古老的太陽

當我的深情伴著風兒歌唱

當我的愛戀隨著溪水流淌

大涼山，我走了，我悄悄地走了

（這時我才發現大涼山

我那夢中的相思鳥

已永遠迷失在你的樹上）

身份

被出賣的獵狗

失去了往日的自由
繩索套在它的頸上
它被狗販子
送到了市場
由於痛苦和悲哀
它把頭深深地埋下
無論人們怎樣嘲笑
它都一聲不吭

不知道自己的命運
將和這市場中
所有的狗一樣
最後都逃脫不掉屠宰

此時它多麼想來一聲
狂野而盡情地吼叫
但是憑著它的敏感和直覺
它完全知道
在這個喧囂的地方
除了食客、販子和屠手的惡
沒有一個人會給它一絲善良

老人與布穀鳥

沉默的岩石
坐在那裡
望著多霧的山谷
悠悠的目光
被切割成碎片

裹著
黑色的披氈
身後一片寂靜
偶然也會有
一朵
流浪的雲
靠近
頭頂

歲月的回憶
或許
還能從心底浮起
他會第一個聽見
布穀鳥的叫聲
在山那邊歌唱婉轉
可是誰也不會注意

身份

就在那短暫的片刻
他的鼻翼翕動了幾下
然後又用蒼老的手背
悄悄地抹了抹
眼窩中滾出的淚滴

老歌手

唱完一支少女時的歌

你害羞了，臉上泛起紅暈

就是那雙蒼老的眼

驟然間彷彿也跳出了兩顆迷人的星

沿著你滿臉皺紋的溝壑

你蹣跚著走進了自己的記憶

啊，這是一塊被風雨耕耘過的土地

在那褐色土地的邊緣

你珍藏著一個女人最寶貴的東西——

它是你白天的太陽

它是你晚上的月亮

在你的瞳孔裡升起一道彩虹

但這是湖邊虛幻的彩虹

那時白天和黑夜的夢都屬於你

那時男人們都在夢中離開了你

黎明時，他們走了

帶走的是你的容貌，留下的是你的心

為了把他們等待

你至今還唱著那時的歌

老人謠

沿著這條峽谷，徑直
往前走，可以看見一片
樹林。如果你真的
寂寞了，那就面向落日
悄悄唱一支歌。雖然
這樣還是傷感。你要
像昔日那樣，涉過一條
齊腰的河，它的名字
無關緊要，只是河水
在大山裡還是那樣刺骨
再往前走，有三條小道
你用不著在此猶豫
選擇向右的方向，這對於
你來說並不難，因為
童年的記憶總會把人喚醒
假使你已經走過了
那道山脊，又很快臨近
一片蕎地。啊，謝天謝地
這時你的雙眼完全可以
清楚地看見，前面
就是家了。短暫的沉默
你會輕輕推開木門，不敢

大聲出氣。房裡
再沒有一個人，你的
心裡也明白，但是不要
太難過，儘管你的親人們
都已離開人世
這裡只剩下一片荒蕪

身份
146

色素

你可以用風吹走我的草帽
你可以用雨濕透我的草帽
你可以用雷擊碎我的草帽
你甚至可以
用無恥的欺騙
盜走我的草帽

媽媽對我說：孩子
在那群象般大的人山上
有一頂永遠屬於你的草帽
於是我向大山走去
在那裡我看見了太陽
它撒開了金色的網

你可以用牙咬開我的衣裳
你可以用手撕爛我的衣裳
你可以用刀割破我的衣裳
你甚至可以
用卑鄙的行為
毀滅我的衣裳
媽媽對我說：孩子
在你健壯的軀體上

有一件永遠屬於你的衣裳
於是我撫摸我的皮膚──
我最美的衣裳
它掀起了古銅色的浪

假如

假如我們曾傷害過自己的同類
當聽見駿馬為夭亡的騎手悲鳴
當看見獵狗為遇難的主人流淚
當我們被這樣一種愛震撼
忘記了自己和動物的區別
人啊，站在它們的面前
我們是多麼的自卑！

隱沒的頭

把我的頭伏在牛皮的下面
遺忘白晝的變異
在土牆的背後，蒙著頭
遠處的喧囂漸漸弱下去
拉緊祭師的手，淚水湾湾
溫柔的呢喃，綿延不絕
好像仁慈憐憫的電流
一次次撫摸我疲憊不堪的全身

把我的頭伏在牛皮的下面
四周最好是一片黑暗
這是多麼美妙的選擇
為了躲避人類施加的傷害

黃色始終是美麗的

我無法用語言向你表達
一種無邊的溫暖
一片著色的睡眠
我無法一時向你講明白
為什麼會令人感動
以及長時間的沉默
哦，陌生的聲音
教化的語言
原諒我，找只能這樣對你說：
在這漫長的瞬間
你不可能改變我！

有人問……

有人問在非洲的原野上
是誰在控制羚羊的數量
同樣他們也問
斑馬和野牛雖然繁殖太快
為什麼沒有成為另一種災難
據說這是獅子和食肉動物們的捕殺
它們維繫了這個王國的平衡
難怪有詩人問這個世界將被誰毀滅
是水的可能性更大？還是因為火？
羅伯特·弗羅斯特*曾有過這樣的疑問
其實這個問題今天已變得很清楚
毀滅這個世界既不可能是水，也不可能是火
因為人已經成為了一切罪惡的來源！

---

* 羅伯特·弗羅斯特（Robert Frost，1874-1963），二十世紀美國偉大的民族詩
人，曾多次獲得普利茲文學獎，受封桂冠詩人。

我想對你說

我想對你說
故鄉達基沙洛
你是那麼遙遠，你是那麼迷茫
你在白雲的中間
你在太陽的身旁

我想對你說
故鄉達基沙洛
如果我死了
千萬不要把我送進城外焚屍爐
我怕有一個回憶
沒有消失
找不到呼吸的窗口

我想對你說
故鄉達基沙洛
那憂傷的旋律
會流成一條河
遠方的親人們
要將我的軀體
從這個陌生的地方抬走

我想對你說
故鄉達基沙洛
既然是從山裡來的
就應該回到山裡去
世界是這樣的廣闊
但只有在你的仁慈的懷裡
我的靈魂才能長眠

寧靜

媽媽，我的媽媽
我曾去尋問高明的畢摩*
我曾去尋問年長的蘇尼**
在什麼地方才能得到寧靜？
在什麼時候才能最後安寧？
但他們都沒有告訴我
只是拼命地搖著手中的法鈴
只是瘋狂地拍打手中的皮鼓
啊，我真想睡，我真想睡

媽媽，我的媽媽
我追尋過湖泊的寧靜
我追尋過天空的寧靜
我追尋過神秘的寧靜
我追尋過幻想的寧靜
後來我才真正知道
在這個世界上
的確沒有一個寧靜的地方
啊，我太疲憊，我太疲憊

媽媽，我的媽媽
快伸出你溫暖的手臂

在黑夜來臨之際

讓我把過去的夢想全都忘記

只因為在這個冷暖的人世

為了深沉的愛

你的孩子寫出了憂傷的詩句

啊，我已經很累，我已經很累

山羊——獻給翁貝爾托·薩巴[*]

先生，我要尋找一隻山羊

一隻孤獨無望的

名字叫薩巴的山羊

先生，它沒有什麼標誌

它有的只是一張

充滿了悲戚的臉龐

那是因為它在懷念故土、山崗

還有那牧人純樸的歌謠

先生，我要尋找一隻山羊

它曾在意大利的土地上流浪

它的靈魂裡有看不見的創傷

---

[*]　翁貝爾托·薩巴（1883-1957）：意大利著名詩人，其詩作《山羊》廣為流傳。

陌生人

你的目光中充滿了一種
不易察覺的祈求
你是誰？
穿著一件黑色的衣裳
在納沃納廣場[*]
走過我的身旁

那匆匆的一瞥
多麼平常
它不會在我們的心靈中
掀起波浪

又彷彿是一次
不成功的曝光
在我的記憶中
再也找不到你的形象

你是誰？要到哪裡去？
這對於我來說並不重要
我想到的只是

人在這個世界的痛苦
並沒有什麼兩樣

致薩瓦多爾・誇西莫多*的敵人

你們仇恨這個人

僅僅因為他

對生活和未來沒有失去過信心

在最黑暗的年代，歌唱過自由

僅僅因為他

寫下了一些用眼淚灼熱的詩

而他又把這些詩

獻給了他的祖國和人民

你們仇恨這個人

不用我猜想，你們也會說出

一長串的理由

然而在法西斯橫行的歲月

你們卻無動於衷

---

* 薩瓦多爾・誇西莫多（1901-1968）：意大利傑出詩人，1959年獲諾貝爾文
學獎。

信

我所渴望的
也曾被你們所渴望
我僅僅是一個符號
對於浩瀚的星空來說
還不如一絲轉瞬即逝的光

我只是在偶然中
尋找著偶然
就像一條幻想的河
我們把歡笑和眼淚
撒滿
虛無的沙灘

我原以為地球很大
其實那是我的錯覺
時間的海洋啊
你能否告訴我
如今死者的影子在何處？

秋日

想你在威尼斯
在你沒有來臨
而又無法來臨的時候
想你在另一國度
那裡陽光淌進每一扇窗口
說不出來的惆悵
就像那入海口，輕輕低吟的海潮
想你在一個陌生的地方
我的夢想踽踽獨行
穿過了懷念交織的小巷
想你在威尼斯
在那靜謐而濃郁的秋日
我似乎害了一場小小的熱病

吉普賽人

昨天
你在原野上
自由地歌唱

你的馬
歡快地，跑來跑去
一雙靈性的眼睛
充滿了善良

今天
你站在
城市的中央
孤獨無望

你的馬
邁著疲憊的四蹄
文明的陰影
已將它
徹底地籠罩

基督和將軍

你能捆住
他的
另一雙手嗎？
他既有形
而又無形
他既是一個
又是成千上萬個

你能阻擋
他的靈魂
更加自由地
飛翔嗎？
他好像是陽光
又好像是空氣
他比夢想和傳說
還要神奇
不過將軍
我還是要向你
提醒一句
只要人類的良心
還沒有死去
那麼對暴力的控訴
就不會停止

秋天的眼睛

誰見過秋天的眼睛

它的透明中含著多少未知的神秘

時間似乎已經睡著了

在目光所不及的地方

只有飛鳥的影子，在瞬間

掠過那永恆的寂靜

秋天的眼睛是純粹的

它的波光漂浮在現實之上

只有夢中的小船

才能悄然划向它那沒有極限的岸邊

秋天的眼睛是空靈的

儘管有一絲醉意爬過籬笆

那落葉無聲，獨自聆聽

這個世界的最後消失

秋天的眼睛預言著某種暗示

它讓矚望者相信

一切生命都因為愛而美好！

這個世界的歡迎詞

這是一個偶然？
還是造物主神奇的結晶？
我想這一切都不重要
當你來到這個世界
我不想首先告訴你
什麼是人類的歡樂
什麼又是人類的苦難
然而我對你的祝福卻是最真誠的

我雖然還說不出你的名字
但我卻把你看成是
一切最美好事物的化身
如果你需要的話
我只想給你留下這樣一句詩：
——孩子，要熱愛人！

最後的酒徒

在小小的酒桌上
你伸出獅子的爪子
寫一首最溫柔的情詩
儘管你的笑聲浪蕩
讓人胡思亂想

你的血液中佈滿了衝突
我說不清你是不是一個酋長的兒子
但羊皮的氣息卻瀰漫在你的髮間
你注定是一個精神病患者
因為草原逝去的影子
會讓你一生哀哀地嘶鳴

最後的礁石——送別艾青大師

礁石
沉沒的時候
是平靜的
就如同它曾經面對著海洋
含著微笑

礁石
消失的時候
那時辰
正是它歌唱過的
無比溫柔的黎明

礁石
是一種象徵
是一種生命的符號
在它的身上
風暴留下過無數的
讓人哀痛的創傷

礁石
它永遠也不會死去
因為它那自由的呼吸

會激起洶湧的海浪
它還會像一隻鳥
從人類的夢想中飛出
用已經嘶啞了的喉嚨歌唱！

鹿回頭

傳說一隻鹿被獵人追殺，無路可逃站在懸崖上。正當獵人要射殺時，鹿猛然回頭變成了一個美麗的姑娘，最終獵人和姑娘結成了夫妻。

這是一個啟示
對於這個世界，對於所有的種族

這是一個美麗的故事
但願這個故事，發生在非洲
發生在波黑，發生在車臣
但願這個故事發生在以色列
發生在巴勒斯坦，發生在
任何一個有著陰謀和屠殺的地方

但願人類不要在最絕望的時候
才出現生命和愛情的奇蹟

土牆

我原來一直不知道，以色列的石頭，能讓猶太人感動。

遠遠望過去
土牆在陽光下像一種睡眠

不知為什麼
在我的意識深處
常常幻化出的
都是彝人的土牆

我一直想破譯
這其中的秘密
因為當我看見那道牆時
我的傷感便會油然而生

其實牆上什麼也沒有

獻給土著民族的頌歌
——為聯合國世界土著人年而寫

歌頌你

就是歌頌土地

就是歌頌土地上的河流

以及那些數不清的屬於人類的居所

理解你

就是理解生命

就是理解生殖和繁衍的緣由

誰知道有多少不知名的種族

曾在這個大地上生活

憐憫你

就是憐憫我們自己

就是憐憫我們共同的痛苦和悲傷

有人看見我們騎著馬

最後消失在所謂文明的城市中

撫摸你

就是撫摸人類的良心

就是撫摸人類美好和罪惡的天平

多少個世紀以來，歷史已經證明土著民族所遭受的迫害是最為殘

暴的

祝福你

就是祝福玉米，祝福蕎麥，祝福土豆

就是祝福那些世界上最古老的糧食

為此我們沒有理由不把母親所給予的生命和夢想

毫無保留地獻給人類的和平、自由與公正

歐姬芙的家園
——獻給二十世紀最偉大的美國女畫家

或許這是最寂寞的家園
離開塵世是那樣的遙遠
風吹過荒原的低處，告訴我們
只有一個人在這裡等待

這是離上帝最近的高地
否則就不會聽見
那天籟般的聲音最終變成色彩
從容地穿過那純潔的世界

你的手是神奇的語言
牛骨和石頭被裝飾成一道黑門
誰知道在你臨終的時候
曼陀羅的嘆息是如此沉重

歐姬芙，一個夢的化身
你的虛無和神秘都是至高無上的
因為現實的存在，從來就沒有證明過
一個女人生命的全部！

回望二十世紀——獻給納爾遜·曼德拉

站在時間的岸邊
站在一個屬於精神的高地
我在回望二十世紀
此時我沒有眼淚
歡樂和痛苦都變得陌生
我好像站在另一個空間
在審視人類一段奇特的歷史

其實這一百年
戰爭與和平從未離開過我們
而對暴力的控訴也未曾停止
有人歌唱過自由
也有人獻身於民主
但人類經歷得最多的還是專制和迫害
其實這一百年
誕生過無數偉大的幻想
但災難卻也接踵而至
其實這一百年
多種族的人類，把文明又一次推向了頂峰
我們都曾在地球的某一個角落
悄悄地流下過感激的淚水
二十世紀

你讓一部分人歡呼和平的時候
卻讓另一部分人的兩眼佈滿仇恨的影子
你讓黑人在大街上祈求人權
卻讓殘殺和暴力出現在他們家中
你讓我們認識卡爾‧馬克思的同時
也讓我們見到了尼采
你讓我們看見愛因斯坦是怎樣提出了相對論
你同時又讓我們目睹這個人最後成為基督徒
你曾把許多巨人的思想變得虛無
你也曾把某個無名者的話語鉛印成真理
你散布過阿道夫‧希特勒的法西斯主張
你宣揚過聖雄甘地的非暴力主義
你讓社會主義在一些國家獲得成功
同時你又讓國際工人運動處於了低潮
在誕生弗洛伊德的泛性論年代
你推崇過霍梅尼和伊斯蘭革命
你為了馬丁‧路德‧金聞名全世界
卻讓這個人以被別人槍殺為代價
你在非洲產生過博卡薩這樣可以吃人肉的獨裁者
同樣你也在非洲養育了人類的驕子納爾遜‧曼德拉
你叫柏林牆在一夜之間倒塌
你卻又叫車臣人和俄羅斯人產生仇恨

身份

還沒有等阿拉伯人和猶太人真正和解

你又在科索沃引發了新的危機和衝突

你讓人類在極度縱慾的歡娛之後

最後卻要承受愛滋病的痛苦和折磨

你的確讓人類看到了遺傳工程的好處

卻又讓人類的精神在工業文明的泥沼中異化而亡

你把資訊時代的技術

傳播到了拉丁美洲最邊遠的部落

你卻又讓一種文化在沒有硝煙的地方

消滅另一種文化

你在歐洲降下人們渴望已久的冬雪

你卻又在哥倫比亞暴雨如注

使一個印第安人的村莊毀滅於山洪

你讓我們在月球上遙望美麗的地球

使我們相信每一個民族都是兄弟

可你又讓我們因宗教而產生分歧與離異

在巴爾幹和耶路撒冷相互屠殺

你讓高科技移植我們需要的器官

你又讓這些器官感受到核武器的恐懼

在紐約人們關心更多的是股市的漲跌

但在非洲饑餓和瘟疫卻時刻威脅著人類

是的，二十世紀
當我真的回望你的時候
我才發現你是如此的神秘
你是必然，又是偶然
你彷彿證明的是過去
似乎預示著的又是未來
你好像是上帝在無意間
遺失的一把鋒利無比的雙刃劍

身份

想念青春──獻給西南民族大學

我曾經遙望過時間
她就像迷霧中的晨星
閃爍著依稀的光芒
久遠的事物是不是都已被遺忘
然而現實卻又告訴我
她近在咫尺，這一切就像剛發生
褪色的記憶如同一條空谷
不知是誰的聲音，又在
圖書館的門前喊找的名字
這是一個詩人的聖經
在阿赫瑪托娃*預言的漫長冬季
我曾經為了希望而等待
不知道那條樹蔭覆蓋的小路
是不是早已爬滿了寂寞的苔蘚
那個時代詩歌代表著良心
為此我曾大聲地告訴這個世界
「我是彝人」

命運讓我選擇了崇尚自由
懂得了為什麼要捍衛生命和人的權利
我相信，一個民族深沉的悲傷
注定要讓我的詩歌成為人民的記憶

因為當所有的岩石還在沉睡
是我從源頭啜飲了
我們種族黑色魂靈的乳汁
而我的生命從那一刻開始
就已經奉獻給了不朽和神奇
沿著時間的旅途而行
我嗒嗒的馬蹄之聲
不知還要經過多少個驛站
當疲憊來臨的時候，我的夢告訴我
一次又一次地想念青春吧
因為只有她的燦爛和美麗
才讓那逝去的一切變成了永恆！

---

* 阿赫瑪托娃：一位著名的俄國女詩人。

身份

感恩大地

我們出生的時候
只有一種方式
而我們怎樣敲開死亡之門
卻千差萬別
當我們談到土地
無論是哪 一個種族
都會在自己的靈魂中
找到父親和母親的影子
是大地賜予了我們生命
讓人類的子孫
在她永恆的搖籃中繁衍生息
是大地給了我們語言
讓我們的詩歌
傳遍了這個古老而又年輕的世界
當我們仰望璀璨的星空
躺在大地的胸膛
那時我們的思緒
會隨著秋天的風兒
飛到很遠很遠的地方
大地啊，不知道這是為什麼？
往往在這樣的時刻
我的內心充滿著從未有過的不安

人的一生都在向大自然索取
而我們的奉獻更是微不足道
我想到大海退潮的鹽鹼之地
有一種冬棗樹傲然而生
儘管土地是如此的貧瘠
但它的果實卻壓斷了枝頭
這是對大地養育之恩的回報
人類啊，當我們走過它們的身旁
請舉手向它們致以深深的敬意！

身份

我愛她們——寫給我的姐姐和姑姑們

我喜歡她們害羞的神情

以及脖頸上銀質的領牌

身披黑色的坎肩

羊毛編織的紅裙

舉止是那樣的矜持

雙眸充滿著聖潔

當她們微笑的時候

那古銅般修長的手指

遮住了她們的白齒與芳唇

在我的故鄉占勒布特

不知有多少癡迷的凝視

追隨著那夢一般的身姿

她們高貴的風度和氣質

來自於我們古老文明的精華

她們不同凡響的美麗和莊重

凝聚了我們偉大民族的光輝！

自由

我曾問過真正的智者
什麼是自由？
智者的回答總是來自典籍
我以為那就是自由的全部

有一天在那拉提草原
傍晚時分
我看見一匹馬
悠閑地走著，沒有目的
一個喝醉了酒的
哈薩克騎手
在馬背上酣睡

是的，智者解釋的是自由的含義
但誰能告訴我，在那拉提草原
這匹馬和它的騎手
誰更自由呢？

獻給1987

祭司告訴我
那隻雁鵝是潔白的
它就是你死去的父親
憩息在故鄉吉勒布特的沼澤
它的姿態高貴，眼睛裡的純真
一覽無餘，讓人猶生感動
它的起飛來自永恆的寂靜
彷彿被一種古老的記憶喚醒
當炊煙升起的時候，像夢一樣
飛過山崗之上的剪影
那無與倫比的美麗，如同
一支箭鏃，在瞬間穿過了
我們民族不朽靈魂的門扉
其實我早已知道，在大涼山
一個生命消失的那一刻
它就已經在另一種形式中再生！

在絕望與希望之間
——獻給以色列詩人耶夫達・阿米亥

我不知道

耶路撒冷的聖書

最後書寫的是什麼

但我卻知道

從伯利恒出發，有一路公交車

路過一家咖啡館時

那裡發生的爆炸，又把

一次絕望之後的希望

在瞬間變成了泡影

我不知道

能否用悲傷去丈量

生命與死亡的天平

因為在耶路撒冷的每一寸土地

這一切都習以為常

但儘管這樣，我從未停止過

對暴力的控訴

以及對和平的渴望

我原以為子彈能永遠

停留在昨天的時辰

然而在隔離牆外，就在今天
鮮紅的血迹
濕透了孩子們的吶喊
為此，我不再相信至高無上的創造力
那是因為暴力的輪迴
把我們一千次的希望
又變成了唯一的絕望

這座城市的歷史
似乎就是一種宿命
從誕生的那一天開始
背叛和憎恨就伴隨著人們
撫摸這裡的石頭
其實就是撫摸人類的眼淚
（因為在這裡傾聽石頭
你能聽到的只有哭泣！）

我不知道
耶路撒冷的聖書
最後書寫的是什麼
但我卻知道
耶路撒冷這座古城

在希望與絕望之間
只有一條道路是唯一的選擇
——那就是和平！
我承認，我愛這座城市*

這個城市的午後
是陽光最美好的時刻
鴿群的影子，穿行在
高樓與林木的四周
那些消失的
霧靄和青煙
如同瑪瑙的碎片
閃爍在遠處的群山之間
這個城市的無窮魅力，或許
就是因為它的起伏不平
它的美是神秘的，像一則寓言

我承認，我愛這個城市
那是因為我每次見到它
它給我的驚喜和陌生的感覺
要遠遠超過我對它的熟悉
它似乎永遠埋藏著一種激情

身份

就像一個年輕而又充滿了
野性的少婦
每當我看見夜色
沉落在歌樂山巔
山城的萬家燈火，便開始演奏
一部穿越時空的交響樂
那些星星般閃耀的音符
集合起金色的船隊
把這座東方名副其實的山城
演繹成一片波峰浪谷的
最為神奇的光的海洋
不知道為什麼
往往在這樣的時候
我就會想到六十多年前
這座城市所經歷的
那場慘絕人寰的大轟炸
我不敢肯定，在這些燈光中
有沒有死者的眼睛
在另一個世界
審視著我們
他們是因悲憤
而驚恐萬分的老人

是由於窒息，流血的十指
插入防空洞土牆的婦女
是那些張著嘴，但已經死去
懷裡還抱著嬰兒的母親
我知道，那是五萬多生命
他們的控訴
已成為永遠的吶喊

是的，我愛這座城市
還有一個特殊的原因
那就是這座偉大的城市
與它寬厚善良的人民一樣
把目光永遠投向未來
從不複製仇恨
在這裡，時間、死亡以及生命
所鑄造的全部生活
都變成了一種
能包容一切的
沉甸甸的歷史記憶！
從某種意義而言
這個城市對戰爭的反思
對和平的渴望

就是今天的中國
對這個世界的回答！

敬畏生命——獻給藏羚羊

我要
向你們道歉
儘管我不知道
是哪一支槍
射擊了你們？
同樣，我也要向
你們證實
我不知道
是哪一顆子彈
穿過了黝黑的
——槍管
殺死了你們的同胞

向你們道歉
你們是
青藏高原
真正的主人
是這片疆域
至高無上的靈魂
因為有了
你們的存在
生命的承受力

才超越了極限

並把一種速度

變成了奇蹟

你們是雪山

永恆的影子

是原野上

黑夜中閃光的白銀

你們的每一次遷徙

都是一次歷險

在太陽部落

生死輪迴的家族中

你們永遠

象徵著勇敢和自由

哎，向你們道歉

我是多麼的

驚恐而又自卑

雖然

在我的身上

沒有沾染

你們的血迹

我也沒有參與

任何一次針對你們的
陰謀和聚會
但當事實的真相
最終
呈現在世界的面前
我為自己
作為一個人
而感到羞恥
因為我們已經知道
這一場大屠殺的
製造者
並不是別的動物
而是萬物之首的
──人！

原諒我吧
原諒我們吧
今天向你們道歉
我們無法
用別的名義
更不能代表
這個地球上

身份
194

除了人類之外的

其他生命個體

因為它們對於你來說

都是無罪的

向你們道歉

這是一次道德和良心的

審判

我們別無選擇

因為只有這樣

我們才有權利說

作為人與你們

共同生活在

這片土地上

是能被寬恕的

向你們道歉

我們只有

一個名義

那就是以人的名義

或者說以人類的名義！

獻給這個世界的河流

我承認
我曾經歌頌過你
就如同我曾經歌頌過土地和生命
在這個世界上
不知有多少詩人和智者
用不同的文字贊美過你
因為你的存在
不知又有多少詩篇
成為了人類的經典
誠然不是我第一個
把你喻為母親
但是你的乳汁卻千百年來
滋養著廣袤的大地
以及在大地上生活著的人們
我承認
是你創造了最初的神話
是你用無形的手
在那金色的岸邊開始了耕種
相信吧，人類所有的文明
都因為河流的餵育
才充滿了無限的生機
我們敬畏河流，那是因為河流是一種象徵

它崇高的名字就像一部史詩

它真實地記錄著人類歷史的進步和苦難

我們向文明致敬

實際上就是在向那些偉大的河流致敬

是河流給了我們智慧

是河流傳授給了我們不同種族的語言和文化

同樣也是河流給了我們

千差萬別的生活方式和信仰

我承認，河流！你的美麗曾經無與倫比

就像一個睡眠中的少女

當你走過夢幻般的田野

其實你已經把詩歌和愛情都給了我們

相信吧，在多少民族的心目中

你就是正義和自由的化身

你就是人類的良心和眼淚

你幫助過弱者，你給被壓迫者以同情

你的每一罐聖水，沐浴的是人的靈魂

你給不幸的人們

饋贈的永遠是生活的信心和勇氣

我承認，人類對你的傷害是深重的

當我們望著斷流的河岸

以及你那遭到污染的身軀

我們的懺悔充滿著悲傷

相信吧，河流！我們向你保證

為了捍衛你的歌聲和光榮

我們將不惜獻出自己的生命

河流啊，人類永恆的母親

讓我們再一次回到你的懷中

讓我們再一次呼喚你的尊嚴和名字吧！

記憶中的小火車──獻給開遠的小火車

那是一列
名副其實的小火車
它開過來的時候
司機的頭探出窗外
他的喜悅
讓所有看見他的人
都充滿著少有的幸福
小火車要在無數個
有名字或者說沒有名字的
站臺上停留
那些趕集的人們
可以從這一個村寨
趕到另一個他們從未去過的集鎮
火車是擁擠的
除了人之外，麻布口袋裡的乳豬
發出哼哼的低吟
竹筐裡的公雞
認為它們剛從黑夜
又走到了一個充滿希望的黎明
它們高昂的鳴叫此起彼伏
火車上還有穿著繡花服飾的婦女
她們三五成群

在那裡掩著嘴竊竊私語
吸水煙筒的老人
彷彿永遠蹲在一個黑暗的角落
水煙的味道瀰漫在空氣中
聽他們說
那是一列名副其實的小火車
但是，既然，其實，不過
這似乎已經是
一件記憶裡久遠的事了

聽他們說
那是一列名副其實的小火車
它就像一個傳說中的故事
又像一條夢中的河流
然而這一切——
對於我們今天的回憶而言
是多麼的溫暖啊
儘管有時莫名的悲傷
也讓我們的雙眼飽含著淚水！

地中海

那是泉水的歌唱
那是古代的源流瀰漫著陽光
礁石的嘴唇
白晝的乳汁
風信子悠然地飛舞
陶罐接受浴女的低吟

那是渴望的仙女
閃爍不定的暗示
那是一口芬芳的呼吸
那是一件鬱金香的外衣

那是十足的倦意
那是地道的誘惑
那是波光粼粼的眼淚
上帝用仁慈的手
把他們的痛苦撫平

羅馬的太陽

滾動的太陽，不安的太陽
渴望一千次被接受的太陽
女神的目光
礁石的歌唱
告訴我，快告訴我
那裡是不是有一片受孕的海洋

如水的太陽，意念的太陽
讓大地和萬物進入夢幻的太陽
瞬間便是夜晚
一切都是遺忘
告訴我，快告訴我
那裡是不是有一片睡眠的鵝黃

無聲的太陽，靈性的太陽
穿過了時間和虛無的太陽
變形的手指
握著大地的根鬚
暢飲生命的瓊漿
告訴我，快告訴我
那裡是不是有一片超現實的土壤

神秘的太陽，縹緲的太陽

為所有的靈魂尋找歸宿的太陽

遠處隱隱的回聲

好像上帝的腳步

就要降臨光明的翅膀

告訴我，快告訴我

那裡是不是有一片神聖的上蒼

南方

南方啊，我歌唱你
我歌唱你的海洋
那些數不清的、星星一樣的小島
南方啊，你是柔情的項鏈
你是西西里少女手中的夾竹桃
你有勤勞的農婦
你的孩子們睡著了
頭枕著海洋那永恆的搖籃
南方啊，你是生命中的遙遠
眼睛般多情的葡萄
檸檬花不盡的芬芳
你是豎琴手一生吮吸的太陽
南方啊，你有青銅和大理石的古老
儘管你傷痕累累
但從未停止過對明天的嚮往
南方啊，你有時是貧困的
就像意大利母親乾癟的乳房
當我在昏暗的燈光下
讀著誇西莫多為你寫下的詩行
我便明白了這個歷盡滄桑的遊子
為什麼最後要長眠在你的懷中

南方啊，我要歌唱你
請接受一個中國彝人的禮讚吧！

在這樣的時刻

我喜愛蘆葦的綠葉
我渴望在米蘭花的叢中睡個好覺
那裡陽光格外柔軟
時間被披搭在肩上
要是在西西里，我要躺在海的身旁
聽聽幽婉的海螺
把我的遐思帶到遠方
我還要到中部去，看看埃米利亞人
聽說那裡的舞蹈非常有趣
跳舞的都是美麗的少女

啊，在這樣的時刻
我不能不對你們說
世界的統治者們，武器的製造商
我們需要的永遠不是
原子彈和血淋淋的刺刀

島

島啊，總有一天我會走完

這漫長人生的旅程

最後抵達你的港灣

島啊，你在時間和生命之外

那裡屬於另一個未知的空間

島啊，你是永恆的召喚

我無法拒絕你

就像無法拒絕我的愛

島啊，你看見了嗎

我正朝著你的方位走來

我那生命的小舟

飄搖在茫茫的大海

水和玻璃的威尼斯

水的枝葉是威尼斯
水的果實是威尼斯
威尼斯是一段流動的小提琴曲
威尼斯是一首動人心魄的詩

玻璃的感覺是威尼斯
玻璃的夢幻是威尼斯
威尼斯是一件最完美的藝術品
威尼斯是一幅最古典的畫面

神秘莫測的是威尼斯
充滿誘惑的是威尼斯
威尼斯是一隻妓女和罪惡的船舶
威尼斯是一則被重複了千遍的故事

訪但丁

或許這是天堂的門？
或許這是地獄的門？

索性去按門鈴，
我等待著，
開門。

遲遲沒有迴響。

誰知道今夜
但丁到哪裡去了？！

頭髮——寫給弗朗西斯科‧林蒂尼*

我說過我要寫你的頭髮
那是在一隻威尼斯的遊船上

我說過我要寫你的頭髮
它讓我想起
西西里寧靜而悠遠的海浪
那裡滾動著
三葉草與風信子的謎語

我說過我要寫你的頭髮
它讓我想起
地中海正午迷亂的陽光
大海潔白無瑕的積鹽
它讓我想起
所有時間之外
已經死去的空白
那裡有魚的軌迹，海鳥的歷險
以及大理石上
那些預言宿命的紋路
我說過我要寫你的頭髮

那是在一隻威尼斯的遊船上
我想我不會記錯

河流的兒子——獻給朱澤培‧翁加雷蒂*

你用頭
承受陽光
在伊桑佐河

它把
稀有的
幸福給你
讓你
在瞬間遺忘
祖先的痛苦

你沿著
河流而上
你看見
金亞麻
在沙漠中
燃燒
你曾在
尼羅河沐浴
後來
你從那裡
走向遠方

你是
流浪的旅人
在這個世界上
當你
筋疲力盡
塞納河
又將你
摟進了懷裡

你是
河流的兒子
它們都輕喚著
你的名字

---

* 朱澤培・翁加雷蒂：著名意大利「隱逸派」代表性詩人之一，也是第二次世
界大戰以來，歐洲最傑出的詩人之一。已逝世。

吉狄馬加詩集
213

無題

「你看見了嗎？
那是一枝勿忘我花
它在花瓶中
雖然與其它花兒簇擁在一起
但它那純粹的紫色
卻是那樣特立獨行。」
是的，親愛的寶貝，我已經看見了
但在這樣的時刻
我又怎能用蒼白的語言去表白
對你的愛是如此的純真
這突如其來的愛令人措手不及
我真的不想用世俗的話語
去承諾一百年之後的那個夜晚
但就在今天我依然要告訴你
我既然選擇了你，就不會再有變節和背叛！

但是……

我聽見他們在向你喝彩
為你那青春洋溢的歌聲
為了你那無與倫比的高貴氣質
另外，我無法全部肯定
還有多少人迷戀你修長的身材
以及你那天鵝般美麗的脖頸
但是，對於我來說
絕不僅僅是這些
我愛你的眼淚
是那一滴在沒有人的時候
悄悄滑落在臉龐上的淚水
它不代表歡樂
它只表達嘆息和悲傷
我還愛你的傷口
愛你雙眸的陰影中
那一絲旁人無法察覺的滄桑
因為我明白
那些流言蜚語的製造者
都曾將你的心靈傷害
他們的謊言和潑向你的髒水
就如同撒在
你傷口上的鹽！

是的，我親愛的寶貝
在你的靈魂獨自面對
另一個靈魂的時候
我願意聽你傾訴，聽你哭泣
我知道，在這個世上
只有我愛你的靈魂，甚於愛你的肉體！

或許我從未忘記過
——寫給我的出生地和童年

我做過許多的夢
夢中看見過最多的情境
是我生長的小城昭覺
唉，那時候
我的童年無憂無慮
在群山的深處，我曾看見
季節神秘地變化
萬物在大地和大空之間
悄然地轉換著生命的形式
在那無盡的田野中
蜻蜓的翅膀白銀般透明
當夜幕來臨的時候
獨自躺在無人的高地
沒有語言，沒有意念，更沒有思想
只有呼吸和生命
在時間和宇宙間沉落
我似乎很早就意識到死亡
但對永恆和希望的讚頌
卻讓我的內心深處
充滿了對生活的感激

誰能想像，我所經歷的
少年時光是如此美好
或許我從未忘記過
一個人在星空下的承諾
作為一個民族的詩人和良心
我敢說：一切都從這裡拉開了序幕！

致他們

不是因為有了草原

我們就不再需要高山

不是因為海洋的浩瀚

我們就摒棄戈壁中的甘泉

一隻鳥的飛翔

讓天空淡忘過寂寞

一匹馬駒的降生

並不妨礙駱駝的存在

我曾經為一個印第安酋長而哭泣

那是因為他的死亡

讓一部未完成的口述史詩

永遠地凝固成了黑暗！

為此，我們熱愛這個地球上的

每一個生命

就如同我們尊重

這個世界萬物的差異

因為我始終相信

一滴晨露的晶瑩和光輝

並不比一條大河的美麗遜色！

我曾經……

我曾經在祁連山下

看見過一群羊羔

它們的雙腿

全部下跪著

在吮吸媽媽的乳房

它們的行為讓我感動

尤其是從它們的眼睛裡

我看到了感恩和善良

也許作為人來說

在這樣的時候

我們會感到某種羞愧

也許我們從一個城市

到了另一個城市

我們已經記不清楚

所走過的道路

是筆直的更多，還是彎曲的占了上風

我們從哪裡來？

我們又要到哪裡去？

彷彿我們

都是流浪的旅人

其實我要說，在物欲的現實面前

我們已經在生活的陰影中

把許多最美好的東西遺忘
有時我們甚至還不如一隻
在媽媽面前下跪的小羊！

水和生命的發現

原諒我，大自然的水
我生命之中的水
或許是因為我們為世俗的生活而忙碌
或許是因為我們關於河流的記憶早已乾枯
水！原諒我，我已經有很長時間
在夢想和現實的交錯中將你遺忘
我空洞的思想猶如一口無底的井
在那黑暗的深處，我等待了很久
水！水！我要感謝你，在此時此刻
我的生命又在你的召喚下奇蹟般地驚醒
是因為水，人類才抒寫出了
那超越時空的歷史和文明
同樣也是因為水，我們這個藍色的星球
才能把生命和水的禮讚
謙恭地奉獻給了千千萬萬個生命
讓我們就像敬畏生命一樣敬畏一滴水吧
因為對人類而言，或者說對所有的生命而言
一滴水的命運或許就預言了這個世界的未來！

蒂亞瓦納科[*]

風吹過大地

吹過誕生和死亡

風吹過大地

吹透了這大地上

所有生命的邊疆

遺忘詞根

遺忘記憶

遺忘驅逐

遺忘鮮血

這裡似乎只相信遺忘

然而千百年

這裡卻有一個不爭的事實

在深深的峽谷和山地中

一個、兩個、成千上萬個印第安人

在孤獨地行走著

他們神情嚴肅

含著淚花，默默無語

我知道，他們要去的目的地

那是無數個高貴的靈魂

通向回憶和生命尊嚴的地方

我知道，當星星綴滿天空

罪行被天幕隱去

我不敢肯定，在這樣的時候
是不是太陽石的大門
又在子夜時分為祭獻而開
蒂亞瓦納科，印第安大地的肚臍
請允許我，在今天
為一個種族精神的回歸而哭泣！

＊ 蒂亞瓦納科是玻利維亞一處重要的印第安古老文化遺迹。

面具——致塞薩爾・巴列霍[*]

在沉默的背後

隱藏著巨大的痛苦

不會有回音

石頭把時間定格在虛無中

祖先的血液

已經被空氣穿透

有誰知道？在巴黎

一個下雨的傍晚

死去的那個人

是不是印第安人的兒子

那裡注定沒有祝福

只有悲傷、貧困和饑餓

儀式不再存在

獨有亡靈在黃昏時的傾訴

把死亡變成了不朽

面具永遠不是奇蹟

而是它向我們傳達的故事

最終讓這個世界看清了

在安地斯山的深處

有一汪淚泉！

---

[*] 塞薩爾・巴列霍：二十世紀秘魯最偉大的印第安現代主義詩人。

祖國——致巴波羅・聶魯達[*]

我不知道

你在地球上走到了多遠的地方

我只知道

你最終是死在了這裡

在智利海岬上

你的死亡

就如同睡眠

而你真正的生命

卻在死亡之上

讓我們感謝上帝

你每天每時都能聽見大海的聲音！

---

* 巴波羅・聶魯達：二十世紀智利偉大的民族詩人，諾貝爾文學獎得主。

臉龐——致米斯特拉爾[*]

這是誰的臉龐？

破碎後撒落在荒原

巨大的寂靜籠罩我們

在那紅色石岩的高處

生命的紫色最接近天空

有一陣風悄然而來

搖動著枯樹的枝丫

那分明是一個自由的靈魂

傳遞著黎明即將分娩的消息

這裡沒有死亡

而死亡僅僅是另一種符號

當夜幕降臨，你的永恆存在

再一次證明了一個真實

你就是這片蒼茫大地的女王。

---

[*] 米斯特拉爾：二十世紀智利偉大的女詩人，諾貝爾文學獎得主。

真相——致胡安・赫爾曼[*]

尋找牆的真實

翅膀飛向

極度的恐慌

在詞語之外

意識始終爬行在噩夢的邊緣

尋找射手的名字

以及子彈的距離

謊言被晝夜更替

無論你到哪兒歌唱

鳥的鳴叫

都會迎來無數個憂傷的黎明

沒有選擇，當看見

死者的骨骼和髮絲

你的眼睛雖然流露出悲憤

而心卻像一口無言的枯井

---

* 胡安・赫爾曼：當代阿根廷著名詩人，塞萬提斯獎得主。

玫瑰祖母

獻給智利巴塔哥尼亞地區卡爾斯卡爾族群中的最後一位印第
安人，她活到98歲，被譽為「玫瑰祖母」。

你是風中
凋零的最後一朵玫瑰
你的離去
曾讓這個世界在瞬間
進入全部的黑暗
你在時間的盡頭回望死去的親人
就像在那浩瀚的星空裡
傾聽母親發自搖籃的歌聲
悼念你，玫瑰祖母
我就如同悼念一棵老樹
在這無限的宇宙空間
你多麼像一粒沙漠中的塵埃
誰知道明天的風
會把它吹向哪裡？
我們為一個生命的消失而傷心
那是因為這個生命的基因
已經從大地的子宮中永遠地死去
儘管這樣，在這個星球的極地
我們依然會想起

殺戮、迫害、流亡、苦難
這些人類最古老的名詞
玫瑰祖母，你的死是人類的災難
因為對於我們而言
從今以後我們再也找不到一位
名字叫卡爾斯卡爾的印第安人
再也找不到你的族群
通往生命之鄉的那條小路

因為我曾夢想——我的新年賀辭

讓我們在期待明天的時候，
再看一眼漸漸遠去的昨天吧；
因為我曾目睹——時間的面具，
怎樣消失在宇宙無限的夜色之中。
而那些生命裡最溫暖的記憶，
卻永遠地埋葬在了昨天的某一個瞬間！

讓我們在回望昨天的時候，
別忘了想像就要來臨的明天吧；
因為我曾夢想——人類偉大的思想，
要比生命和死亡的永恆更為久長。
或許不要憂慮未來的日了是否充滿了陰霾，
相信明天吧，因為所有的奇蹟都可能出現！

嘉那嘛呢石[*]上的星空

是誰在召喚著我們？
石頭，石頭，石頭
那神秘的氣息都來自於石頭
它的光亮在黑暗的心房
它是六字真言的羽衣
它用石頭的形式
承載著另一種形式

每一塊石頭都在沉落
彷彿置身於時間的海洋
它的回憶如同智者的歸宿
始終在生與死的邊緣上滑行
它的傾訴在堅硬的根部
像無色的花朵
悄然盛開在不朽的殿堂
它是恒久的紀念之碑
它用無言告訴無言
它讓所有的生命相信生命石頭在這裡
就是一本奧秘的書
無論是誰打開了首頁
都會目睹過去和未來的真相
這書中的每一個詞語都閃著光

雪山在其中顯現

光明穿越引力，藍色的霧靄

猶如一個飄渺的音階

每一塊石頭都是一滴淚

在它晶瑩的幻影裡

苦難變得輕靈，悲傷沒有回聲

它是唯一的通道

它讓死去的親人，從容地踏上

一條偉大的旅程

它是英雄葬禮的真正序曲

在那神聖的超度之後

山巒清晰無比，牛羊猶如光明的使者

太陽的贊辭凌駕於萬物

樹木已經透明，意識將被遺忘

此刻，只有那一縷縷白色的炊煙

為我們證實

這絕不是虛幻的家園

因為我們看見

大地沒有死去，生命依然活著

黎明時初生嬰兒的啼哭

是這片復活了的土地
獻給萬物最動人的詩篇

嘉那嘛呢石，我不瞭解
這個世界上還有沒有比你更多的石頭
因為我知道
你這裡的每一塊石頭
都是一個不容置疑的個體生命
它們從誕生之日起
就已經鐫刻著祈願的密碼
我真的不敢去想像
二十五億塊用生命創造的石頭
在獲得另一種生命形式的時候
這其中到底還隱含著什麼？

嘉那嘛呢石，你既是真實的存在
又是虛幻的象徵
我敢肯定，你並不是為了創造奇蹟
才來到這個世界
因為只有對每一個個體生命的熱愛
石頭才會像淚水一樣柔軟
詞語才能被微風千百次地吟誦

身份

或許，從這個意義上而言
嘉那嘛呢石，你就是真正的奇蹟
因為是那信仰的力量
才創造了這超越時間和空間的永恆

沿著一個方向，嘉那嘛呢石
這個方向從未改變，就像剛剛開始
這是時間的方向，這是輪迴的方向
這是白色的方向，這是慈航的方向
這是原野的方向，這是天空的方向
因為我已經知道
只有從這裡才能打開時間的入口

嘉那嘛呢石，在子夜時分
我看見天空降下的甘露
落在了那些新擺放的嘛呢石上
我知道，這幾千塊石頭
代表著幾千個剛剛離去的生命
嘉那嘛呢石，當我矚望你的瞬間
你的夜空星群燦爛
莊嚴而神聖的寂靜依偎著群山
遠處的白塔正在升高

無聲的河流閃動著白銀的光輝
無限的空曠如同燃燒的凱旋
這時我發現我的雙唇正離開我的身軀
那些神授的語言
已經破碎成無法描述的記憶
於是，我彷彿成為了一個格薩爾傳人
我的靈魂接納了神秘的暗示

嘉那嘛呢石，請你塑造我
是你把全部的大海注入了我的心靈
在這樣一個藍色的夜晚
我就是一隻遺忘了思想和自我的海螺
此時，我不是為吹奏而存在
我已是另一個我，我的靈魂和思想
已經成為了這片高原的主人
嘉那嘛呢石，請傾聽我對你的吟唱
雖然我不是一個合格的歌者
但我的雙眼已經淚水盈眶！

---

* 嘉那嘛呢石，即玉樹以嘉那命名的嘛呢石堆，石頭上均刻有藏族經文，其數
 量為藏區嘛呢石之最，據不完全統計，有二十五億塊嘛呢石。

一首詩的兩種方式
──獻給東方偉大的山脈崑崙山

雪山：金黃色的火焰（第一種方式）

在人迹罕至的可可西里

我曾有過這樣的經歷

那是夜色來臨的秋天

一個人佇立在無邊的曠野

有一座聖殿般的雪山

當我把它遙望，心中油然而生的

是對生命的敬意和感激

我並不感到寒冷，在那純潔的山頂上

白雪燃燒成金色的火焰

而我的思想和欲望，正在變輕

雖然此刻，我已經無法看見

那遙遠的星群，天空的幻象

是如何墜入黑暗的母腹

但我的身體和靈魂告訴我

同樣在這個時辰，在這無限的宇宙空間

我正置身於這蒼茫大地的中央

我知道，這是最後的選擇

當我的舌尖傳頌著神靈的贊辭

遠方的大海停止了藍色的渴望
我們是真正的雪族十二子
剛剛從英雄的輓歌中復活
只有在這太陽永恆的領地
鳥的影子，生命的輪迴
才能讓我們的記憶變成永恆
在這樣的夜晚，守望那山巔
傳說閃耀著寧靜的光輝
此時，我就像一個祭獻者
淚流滿面，儘管一無所有
因為我已經承諾我命運中的箴言
都將傾訴給黃昏的使者
我發現我的靈魂在尋找一個方向
穿過了山谷，穿過了透明的空氣
穿過了原野，穿過了自由的王國
我看見它，像一隻金色的神鷹
最終抵達了人類光明的入口！

聖殿般的雪山（第二種方式）

聖殿般的雪山
在可可西里的暮色上
燃燒著金色的火焰
我呼吸秋天無邊的曠野

遙望星群以及天空的幻象
如何墜入黑暗的母腹

我的思想和欲望，正在變輕
我知道，這是最後的選擇
當我的舌尖傳頌著神靈的贊辭
遠方的大海停止了藍色的渴望

我們是真正的雪族十二子
剛剛從英雄的輓歌中復活
只有在這太陽永恆的領地
鳥的影了，生命的輪迴
才能讓我們的記憶變成永恆

傳說在山巔閃耀著寧靜的光輝
此時，我就像一個祭獻者
淚流滿面，儘管一無所有
因為我已經承諾我命運中的箴言
都將傾訴給黃昏的使者

我發現我的靈魂在尋找一個方向
穿過了山谷，穿過了透明的空氣
穿過了原野，穿過了自由的王國
我看見它，像一隻金色的神鷹
最終抵達了人類光明的入口！

我把我的詩寫在天空和大地之間

我把我的詩寫在天空和大地之間，
那是因為，只能在這遼闊的天宇，
我才能書寫這樣的詩句。
其實，在這個奇蹟誕生之前，時間的影子
也曾千百次地穿越我們。
我們是自然之子，是雪豹的兄弟，
是羚羊的化身，是尊貴的冠冕，
是那天幕上一顆永恆的祖母綠。
也許那是另一個我，像一個酋長，
青銅的額頭上綴滿著星星的寶石。
我想寫，當我重返大地的子宮，
我看見我的詩，如同黃金和白銀的飾帶，
雖然沒有聲音，卻淚珠閃爍。
原諒我，巴顏喀拉*的諸神，
今天我在黎明前就穿著盛裝甦醒，
並不是像往日那樣參加你的儀式，而我的
歌唱卻正在成為人類幸福的贊歌。

我把我的詩寫在天空和大地之間，
那是因為，神鷹的記憶是唯一的高度，
當光明和黑暗在星球的海洋裡轉換方向，
亙古不變的太陽，又是誰加冕於你，

讓你成為真正的無冕之王。萬物的首領。
就在這個夢想變成現實的底部，
無數的靈魂都曾將信仰的火草點燃，
劈開黑色的溝壑，渴望那一條條深沉的河流。
所有的生命都沒有目的，我們一直在等待。
我們等待的石頭依然是石頭。
我們等待時間被時間證明後還是時間。
我們等待一個結束，
其實是另一個結束之前的開始。
我們的等待在殺死等待。
讓詞彙的意義相反，讓緘默吶喊。
讓剛剛誕生的生命，死於一千年前的今天。
我們的慶典，不是為了肉體孤獨的那一部分，
我們是為那光明和溫暖的使者已經來臨，
他已經吹響了神聖的號角，像一隻獨角獸
站在那群山護衛的城郭上。

我把我的詩寫在天空和大地之間，
那是因為，我的誕生就是誕生，
而我的死亡卻不是死亡。
那是因為，我從遙遠的未來返回，
我沒有名字，我的名字就是這片高原的名字。

我把我的詩寫在天空和大地之間，
我為紅色的理想呼喚。我為紅色的顏色
添加更多的紅色。因為我早已熱淚盈眶！
我知道，那是一群人類的英雄，
他們全部的壯舉，並不為世人所知曉。
是他們打碎了一個遠古的神話，而就在
這個神話的碎片還沒有站起來的時候，
他們又創造了一個屬於今天的神話。
我不能一一說出他們的名字，就如同我這個歌者
遺忘了自己的名字。
他們屬於一個偉大的集體。他們高尚的靈魂，
已經嵌入了這片土地的身軀。
我相信，沒有一句詩能全部概括他們創造的偉業，
儘管如此，我還是要為他們寫出這篇讚美的頌辭！

---

* 巴顏喀拉山，位於青藏高原的一座著名的山。

木蘭

你不是傳說
你是傳說鑄造的真實
你不是故事
你是故事虛構的不朽
回來吧，回到日夜思念你的故鄉
回來吧，回到充滿愛情的家園
當時間在記憶中燃燒
那遙遠的沙場，像夢一樣
落日的眼淚，閃著黃金的光
木蘭，是不是在一個瞬間
或者說在那出征的全部歲月
你已經將自己徹底地遺忘？
木蘭，一個永遠傳之後世的名字
一個死去了卻還活著的女人
讓我們感謝你
就如同感謝你所經歷過的
所有苦難和命運
是你讓我相信，如果必須
面對生命和死亡的抉擇
女人的勇氣絕不遜色於男人
木蘭，在這千百次復活你的舞臺上
如果沒有你的出現
這個世界也會變得黯然失色！

羊駝

不知道為什麼？

遠遠地看去

它的身影充滿著人的神態

並不是今天它才站在這裡

它曾無數次地穿過

時間和歷史的隧道

儘管它的祖先，在反抗壓迫凌辱時

所選擇的死亡方式從未改變

只有無言的抗爭

以及岩石般的沉默

難怪何塞・馬蒂這樣講

羊駝自己倒地而死

常常是為了捍衛生命的尊嚴

我還記得，當我從安地斯山歸來

有人問我印第安人的形象

我便會不假思索地說：

先生……是的……多麼像……

你在秘魯遇見過的羊駝！

時間的流程——致羅貝托·阿利法諾

曾有過這樣的經歷
當看見火焰漸漸熄滅的時候
只有更濃重的黑暗
吞噬了意識深淵裡的海水
我有一個小小的發現
時間只呈現在空白裡
否則我們必須目睹
影子如何在變長，太陽的光線
被鑄成金幣，在這個世界上
儘管無數的人都已經死亡
但這塊閃光的金屬卻還活著
其實這並不能證明一個事實
它就能永遠地存活下去……

印第安人的古柯[*]

你已經被剝奪了一切
只剩下
口中咀嚼的古柯
我知道
你咀嚼它時
能看見祖先的模樣
可以把心中的悲傷
傾述給復活的死亡
你還能在瞬間
把這個失去公正的世界
短暫地遺忘
然而，我知道
這一切對於你是多麼地重要
雖然你已經一無所有
剩下的
就是口中的古柯
以及黑暗中的──希望！

---

[*] 古柯，生長在安地斯山區，含多種生物鹼，被印第安人視作神聖植物，據說
咀嚼時能產生通靈之感。

孔多爾神鷹*

在科爾卡峽谷的空中
飛翔似乎將靈魂變重
因為只有在這樣的高度
才能看清大地的傷口
你從誕生就在時間之上
當空氣被堅硬的翅膀劃破
沒有血滴，只有羽毛的虛無
把詞語拋進深淵
你是光和太陽的使者
把頌辭和祖先的囈語
送到每一位占卜者的齒間
或許這綿綿的群山
自古以來就是你神聖的領地
你見證過屠殺、陰謀和迫害
你是苦難中的記憶，那俯瞰
只能是一個種族的化身
至高無上的首領，印第安人的守護神
因為你的存在，在火焰和黑暗的深處
不幸多舛的命運才會在瞬間消失！

---

* 　孔多爾神鷹是安地斯山脈中最著名的巨型神鷹，被印第安人所敬畏和崇尚。

康杜塔花[*]

在高高的安地斯山上
你為誰而盛開？
或許這是一個不解的謎
當一千種聲音
把你從四面八方包圍
孤獨的枝葉，在夜色中
將伸向星光的欲望變輕
黎明時分，晨露晶瑩剔透
太陽的光芒，刺穿沉寂
那一塵不染的天空
沒有回音，你終於
在大地的頭顱中睡去
沒有絲毫的猶豫，特立獨行
就像一場轟轟烈烈的愛情
在等待漫長的瞬間
我知道，康杜塔花
印第安王國美麗的公主
只有聽見那動人的排簫
你才會露出聖潔的臉龐。

---

[*] 康杜塔花，印加帝國國花，據說當她聽見印第安人的排簫時才會開放。

火塘閃著微暗的火

我懷念誕生，也懷念死亡。
當一輪月亮升起在吉勒布特*高高的白楊樹梢。
在群山之上，在黑暗之上，那裡皎潔的月光已將藍色的天幕照亮。
那是記憶復活之前的土地，
我的白天和夜晚如最初的神話和傳說。
在破曉的曙光中，畢阿史拉則**讚頌過的太陽，
像一個聖者用它的溫暖，
喚醒了我的曠野和神靈，同樣也喚醒了
我羊千摭艷卜夢境正悄然離去的族人。
我懷念，我至死也懷念那樣的夜晚，
火塘閃著微暗的火，親人們昏昏欲睡，
講述者還在不停地述說……。我不知道誰能忘記！
我的懷念，是光明和黑暗的隱喻。
在河流消失的地方，時間的光芒始終照耀著過去，
當威武的馬隊從夢的邊緣走過，那閃動白銀般光輝的
馬鞍終於消失在詞語的深處。此時我看見了他們，
那些我們沒有理由遺忘的先輩和智者，其實
他們已經成為了這片土地自由和尊嚴的代名詞。
我崇拜我的祖先，那是因為
他們曾經生活在一個英雄時代，每一部
口述史詩都傳頌著他們的英名。
當然，我歌唱過幸福，那是因為我目睹

遠走他鄉的孩子又回到了母親身旁。

是的，你也看見過我哭泣，那是因為我的羊群

已經失去了豐盈的草地，我不知道明天它們會去哪裡？

我懷念，那是因為我的憂傷，絕不僅僅是憂傷本身，

那是因為作為一個人，

我時常把逝去的一切美好懷念！

---

* 　吉勒布特，是涼山彝族聚居區一地名，作者的故鄉。

** 畢阿史拉則，是彝族歷史上著名的祭司和文化傳承人。

身份

身份——致穆罕默德・達爾維什[*]

有人失落過身份

而我沒有

我的名字叫吉狄馬加

我曾這樣背誦過族譜

吉狄吉姆吉日阿夥……

瓦史各各木體牛牛……

因此，我確信

《勒俄特依》^{**}是真實的

在這部史詩誕生之前的土地

神鷹的血滴，注定

來自沉默的天空

而那一條，屬於靈魂的路

同樣能讓我們，在記憶的黑暗中

尋找到回家的方向

難怪有人告訴我

在這個有人失落身份的世界上

我是幸運的，因為

我仍然知道

我的民族那來自血液的歷史

我仍然會唱

我的祖先傳唱至今的歌謠

當然，有時我也充滿著驚恐

那是因為我的母語

正背離我的嘴唇

詞根的葬禮如同一道火焰

是的，每當這樣的時候

達爾維什，我親愛的兄弟

我就會陷入一種從未有過的悲傷

我為失去家園的人們

祈求過公平和正義

這絕不僅僅是因為

他們失去了賴以生存的土地

還因為，那些失落了身份的漂泊者

他們為之守望的精神故鄉

已經遭到了毀滅！

---

* 穆罕默德・達爾維什（1941-2008），當代最偉大的阿拉伯詩人，巴勒斯坦國
　歌作詞者。
** 《勒俄特依》，彝族歷史上著名的創世史詩。

火焰與詞語

我把詞語擲入火焰
那是因為只有火焰
能讓我的詞語獲得自由
而我也才能將我的全部一切
最終獻給火焰
（當然包括肉體和靈魂）
我像我的祖先那樣
重複著一個古老的儀式
是火焰照亮了所有的生命
同樣是火焰
讓我們看見了死去的親人
當我把詞語
擲入火焰的時候
我發現火塘邊的所有族人
正凝視著永恆的黑暗
在它的周圍，沒有嘆息
只有雪族十二子＊的面具
穿著節日的盛裝列隊而過
他們的口語，如同沉默
那些格言和諺語滑落在地
卻永遠沒有真實的回聲
讓我們驚奇的是，在那些影子中

真實已經死亡，而時間
卻活在另一個神聖的地域
沒有選擇，只有在這樣的夜晚
我才是我自己
我才是詩人吉狄馬加
我才是那個不為人知的通靈者
因為只有在這個時刻
我舌尖上的詞語與火焰
才能最終抵達我們偉大種族母語的根部！

---

* 雪族十二子，彝族傳說人類是由雪族十二子演化產生的。

勿需讓你原諒

不是我不喜歡
這高聳雲端的摩天大樓
這是鋼筋和水泥的奇蹟
然而，不知道為什麼？
我從未從它那裡
體味過來自心靈深處的溫暖

我曾驚嘆過
航天飛機的速度
然而，它終究離我心臟的跳動
是如此的遙遠
有時，不是有時，而是肯定
它給我帶來的喜悅
要永遠遜色於這個星球上
任何一個慈母的微笑

其實，別誤會
並不是我對今天的現實
失去了鮮活的信心
我只是希望，生命與這個世界
能相互地靠緊

想必我們都有過
這樣的經歷
在機器和靜默的鋼鐵之間
當自我被囚禁
生命的呼吸似乎已經死去
當然，我也會承認
美好的願望其實從未全部消失
什麼時候能回到故鄉？
再嘗一嘗苦蕎和燕麥的清香
在燃燒的馬鞍上，聆聽
那白色的披氈和斗篷
發出星星墜落的聲響

勿需讓你原諒
這就是我對生活的看法
因為時常有這樣的情景
會讓我長時間地感動
一隻小鳥在暴風雨後的黃昏
又銜來一根根樹枝
忙著修補溫暖的巢！

朱塞培·翁加雷蒂*的詩

被神箭擊中的橄欖核。
把沙漠變成透明的水晶。
在貝都因人的帳篷裡，
從天幕上摘取星星。
頭顱是宇宙的一束光。
四周的霧靄在瞬間消遁。
從詞語深入到詞語。
從光穿透著光。
遠離故土牧人的嘆息。
河流一樣清澈的悲傷。
駱駝哭泣的回聲。
金亞麻的燃燒，有太陽的顏色。
死亡就是真正的回憶。
復活埋葬的是所有白晝的黑暗。
沒有名字湖泊的漬鹽。
天空中鷹隼的眼睛。
遼闊疆土永恆的靜默。
尼羅河睡眠時的夢境。
他通曉隱秘的道路。
排除一切語言密碼的偽裝。

他是最後的巫師，話語被磁鐵吸引。
修辭被鍛打成鐵釘，
光線扭曲成看不見的影像。
最早的隱喻是大海出沒的鯨。
是時間深處急邃的倒影。
一張沒有魚的空網。

那是大地的骸骨。

一串珍珠般的眼淚。

---

[*] 朱塞培‧翁加雷蒂（1888-1970），意大利隱逸派詩歌重要代表，出生在埃及
一個意大利僑民家庭，在非洲度過童年和少年。他的詩歌打發同代人的劫難
感，偏愛富於刺激的短詩，把意大利古典抒情詩同現代象徵主義詩歌的手法
融為一體，刻畫人物豐富的內心世界，表達了人和文明面臨巨大災難而產生
的憂患。

我在這裡等你

我曾經不知道你是誰？
但我卻莫名地把你等待
等你在高原
在一個虛空的地帶
宗喀巴*也無法預測你到來的時間
就是求助占卜者
同樣不能從火燒的羊骨上
發現你神秘的蹤迹和影子
當你還沒有到來的時候
你甚至還在遙遙的天邊
可我卻能分辨出你幽暗的氣息
雖然我看不見你的臉
那黃金的面具，黑暗的魚類
遠方大海隱隱的雷聲
以及黎明時草原吹來的風
其實我在這裡等你
在這個星球的十字路口上
已經有好長的時間了
我等你，沒有別的目的
僅僅是一個靈魂
對另一個靈魂的渴望！

---

* 宗喀巴，藏傳佛教格魯派（黃教）的一代宗師，其佛學著作是藏傳佛教中的
經典，他的宗教思想對後世影響極為廣泛。

吉勒布特*的樹

在原野上
是吉勒布特的樹

樹的影子
像一種碎片般的記憶
傳遞著
隱秘的詞彙
沒有回答
只有巫師的鑰匙
像翅膀
穿越那神靈的
疆域

樹枝伸著
劃破空氣的寂靜
每一片葉子
都凝視著宇宙的
沉思和透明的鳥兒

當風暴來臨的時候
馬匹的眼睛
可有純粹的色調？

那些灰色的頭髮和土牆
已經在白晝中消失

樹彎曲著
在夏天最後一個夜晚
幻想的巢穴，飄向
這個地球更遠的地方

這是黑暗的海洋
沒有聲音的傾聽
在吉勒布特無邊的原野
只有樹的虛幻的輪廓
成為一束：唯一的光！

---

* 吉勒布特，詩人的故鄉，在四川省涼山彝族自治州腹心地帶。

你的氣息

你的氣息瀰漫在空間
你的氣息充塞著時間的軀體
把齒痕留在大海的陡岸
把閃電植入沙漠的峰頂
在這樣的時候
真的不知道你是誰？
然而，卻能真切地感覺到
靈魂在急速地下陷
墮入到一個藍色的地帶
有時又會發現它在上升
就如同一個盲者的瞳孔
金色的光明正駛向未知的港灣

你的氣息
是大地艾草的氣息
它是我熟知的各種植物的顏色
它沒有形體
也沒有聲音
每當它到來的時候
欲望開始復活，猛然甦醒
沉默的樹發出渴望的聲音

此時，還可以看見
遠處群山的影子正在搖曳

那是永遠起伏的波浪
那是大海的呻吟和燃燒
那是沒有語言的呼喚
那是最原始的長調
那是鯨自由的弧線
那是貝殼從海底傳來的吶喊
我知道，這永恆的飛翔和降落
像如光的箭矢
像火焰
像止不住的血
只有在那溶化恐懼和死亡的海灘
才能在瞬間找到遺忘的自己

我不知道，這是誰的氣息？
為什麼不為它的光臨命名？
我似乎曾經嗅到過這種氣息
它是野性的風暴和記憶
黑暗中的一串綠松石
春天裡的種子

原野裡的麝香
是大地更深處的玫瑰
在凡是能孕育生命的母腹上
都能觸摸到
潮濕而光滑的水

這是誰的氣息？
它籠罩著我，它覆蓋著我
在我還沒有真正醒來的時候
我真的不知道它是誰？

身份

這個世界的旅行者
——獻給托馬斯·溫茨洛瓦*

從維爾紐斯出發，從立陶宛開始，
你的祖國，在牆的陰影裡哭泣，沒有
行囊。針葉松的天空，將恐懼
投向視網膜的深處。當虛無把流亡的

路途隱約照亮。唯有幽暗的詞語
開始甦醒。那是一個真實的國度，死亡的
距離被磨得粉碎。征服、恫嚇、饑餓，
已變得脆弱和模糊，喃喃低語的頭顱

如黑色的蒼穹。山毛櫸、栗樹和燈心草
並非遠離了深淵，只有疼痛和啞默
能穿越死亡的邊界。伸出手，打開過
無數的站門。望著陌生的廣場，一個

旅行者。最好忘掉壁爐裡絲絲作響的
火苗，屋子裡溫暖的燈盞，書桌上
熱茶的味道。因為無從知曉，心跳
是否屬於明天的曙光。在鏡子的背後

或許是最後的詩篇，早已被命運
用母語寫就。就像在童年，在家的門口。
一把鑰匙。一張明信片。無論放逐有多麼遙遠，
你的眼睛裡都閃爍著兒童才會有的天真。

---

* 托馬斯・溫茨洛瓦（Tomas Venclova，1937-），著名立陶宛詩人、學者和翻譯家。現為耶魯大學斯拉夫語言文學系教授。他的詩歌已被譯成二十多種語言，也因此收穫了諸多文學獎項和世界性聲譽。歐美評論界稱他為「歐洲最偉大的在世詩人之一」。

身份

墓地上——獻給戴珊卡‧馬克西莫維奇[*]

一棵巨大的
橡樹，它的濃蔭
覆蓋著回憶

你平躺著
在青草和泥土的下面

當風從宇宙的
深處吹來
是誰在傾聽？
通過每一片葉子
是誰在呼吸？
吹拂著黑暗的海洋

你的靜默
又回到了源頭，如同
水晶的雪
你思想的根鬚，悄然爬上了
這棵橡樹的肩頭
或許還要更高……

---

[*] 戴珊卡‧馬克西莫維奇（1898-1992），塞爾維亞女詩人。她的詩歌有濃厚的浪漫主義情懷。她善於以細膩的筆法描繪內心精緻的顫慄。主要詩集有《芬芳的大地》、《夢的俘擄》等。

沉默——獻給切斯瓦夫・米沃什[*]

為了見證而活著，
這並非是活著的全部理由。
然而，當最後的審判還未到來，
你不能夠輕易地死去。
在鏡子變了形的那個悲傷的世紀，
孤獨的面具和謊言，
隱匿在黑暗的背後，同時也
躲藏在光的陰影裡。你啜飲苦難和不幸。
選擇放逐，道路比想像遙遠。
當人們以為故鄉的土牆，
已成為古老的廢墟。但你從未輕言放棄。
是命運又讓奇蹟發生在
清晨的時光，你的呼喊沒有死亡。
在銀色的鱗羽深處，唯有詞語
正經歷地獄的火焰，
那是波蘭語言的光輝，它會讓你
在黎明時看到粗糙的群山，並讓靈魂
能像亞當・密茨凱維奇那樣，
佇立在阿喀曼草原的寂靜中，依然聽見
那來自立陶宛的聲音。請相信母語的力量．
或許這就是你永恆的另一個祖國，
任何流放和判決都無法把它戰勝。

身份

感謝你全部詩歌的樸素和堅實，以及
蒙受苦難後的久久的沉默。在人類
理性照樣存活的今天，是你教會了我們明白，
真理和正義為何不會終結。
你不是一個偶然，但你的來臨
卻讓生命的恥辱和絕望，跨過了
——最後的門檻。

---

* 切斯瓦夫・米沃什（1911-2004），生於今立陶宛，波蘭著名詩人，1980年獲
諾貝爾文學獎，主要作品有《冬日之鐘》、《被禁錮的心靈》、《波蘭文學
史》等，體裁涉及詩歌、散文、小說、政論等多種。

詩歌的起源

詩歌本身沒有起源，像一陣霧。
它沒有顏色，因為它比顏色更深。
它是語言的失重，那兒影子的樓梯，
並不通向筆直的拱頂。
它是靜悄悄的時鐘，並不記錄
生與死的區別，它永遠站在
對立或統一的另一邊，它不喜歡
在邏輯的家園裡散步，因為
那裡拒絕蜜蜂的嗡鳴，牧人的號角。
詩歌是無意識的窗紙上，一縷羽毛般的煙。
它不是鳥的身體的本身，
而是灰暗的飛翔的記憶。
它有起航的目標，但沒有固定的港口。
它是詞語的另一種歷險和墜落。
最為美妙的是，就是到了行程的中途，
它也無法描述，海灣到達處的那邊。
詩歌是星星和露珠，微風和曙光，
在某個靈魂裡反射的顫動與光輝，
是永恆的消亡，持續的瞬間的可能性。
是並非存在的存在。
是虛無中閃現的漣漪。
詩歌是灰燼裡微暗的火，透光的穹頂。

身份

詩歌 直在尋找屬於它的人，伴隨生與死的輪迴。

詩歌是靜默的開始，是對１加１等於２的否定。

詩歌不承諾面具，它呈現的只是面具背後的嘆息。

詩歌是獻給宇宙的３或者更多。

是蟋蟀撕碎的秋天，是斑鳩的羽毛上撒落的

黃金的雨滴。是花朵和戀人的囈語。

是我們所喪失、所遺忘的一切人類語言的空白。

詩歌，睜大著眼睛，站在

廣場的中心，注視著一個個行人。

它永遠在等待和選擇，誰更合適？

據說，被它不幸或者萬幸選中的那個傢伙：

——就是詩人！

那是我們的父輩
——獻給詩人艾梅·塞澤爾[*]

昨晚我想到了艾梅·塞澤爾，想到了一個令人尊敬的人。

昨晚我想到了所有返鄉的人，

他們憂傷的目光充滿著期待。

艾梅·塞澤爾，我真的不知道，這條回鄉的道路究竟有多長？

但是我卻知道，我們必須回去，

無論路途是多麼的遙遠！

艾梅·塞澤爾，我已經在你黑色的意識裡看見了，

你對於這個世界的悲憫之情。

因為凡是親近過你的靈魂，看見過你的淚眼的生命個體，

無論他們是黑種人、白種人還是黃種人，

都會相信你全部的詩歌，就是一個種族離去和歸來的記憶。

艾梅·塞澤爾，非洲的饑餓直到今天還張著絕望的嘴。我曾經相

信過上帝的公平，然而在這個星球上，

還生活著許許多多不幸的人們，

公平和正義卻從未降臨在他們的頭上。

艾梅·塞澤爾，因為你我想到了我們彝人的先輩和故土，

想到了一望無際的群山和一條條深沉的河流。

還有那些瓦板屋。成群的牛羊。睜大眼睛的兒童。

原諒我，到如今我才知道，在逝去的先輩面前，

我們的生存智慧已經褪化，我們的夢想

早已消失在所謂文明的天空。

畢阿史拉則^{**}的語言在陌生鋼鐵和水泥的季節裡臨界死亡。

而我們離出發的地點已經越來越遠。

是的，艾梅·塞澤爾，我為我的父輩而驕傲。

因為他們還在童年的時候，就能熟背古老的

格言和勸解部族紛爭的諺語。

他們的眼睛像鷹一樣犀利。

他們自信的目光卻又像湖泊一樣平靜。

他們的女人是最矜持的女人，每一圈朵囉荷舞^{***}的身姿，

都能讓大地滾動著白銀的光輝。

那是我們的父輩：喜歡鋥亮的快槍，

珍愛達里阿宗^{****}那樣的駿馬，相信神聖的傳統，堅信祖先的力量，

那無與倫比講述故事的能力，來自於部族千百年儀式的召喚。

他們熱愛生命，更重要的是他們不怕死亡。

是的，艾梅·塞澤爾，我的父輩從未失去過對身份和價值的認同。

他們同樣為自己的祖先充滿著自豪。因為在他們口誦的家譜上，

已經記載著無數智者和德古德古，指彝族部族中德高望重的人。

的名字。

他們赤著腳。像豹子一樣敏捷。具備羚羊的速度。

在征戰的時候，他們跳躍於茫茫的群山和峽谷。

那麂子般的觸覺，能穿透黎明前的霧靄。

他們是鷹和虎豹的兒子。

站在那高高的山頂，他們頭上的英雄結*****，就是一束燃燒的
火焰。
是鹽和看不見的山風塑造了矯健的形體。他們從誕生之日起，
就把自由和尊嚴埋進了自己的骨骼。他們是彝人在自己獨有的
創造史詩的時代之後，
留存下來的、最後的、偉大的自然之子和英雄的化身。
艾梅·塞澤爾，你沒有死去，你的背影仍然在返鄉的道路上前行。
你不會孤獨。與你同行的是這個世界上成千上萬的返鄉人和那些
永遠渴望故土的靈魂！

---

* 艾梅·塞澤爾（1913-2008），具有世界影響的馬提尼克黑人詩人和人道主義
者，是他首先提出了「黑人性」，並一生高舉黑人尋根，自尊自愛自強的旗
幟。他同時也是馬提尼克文學的創始者，他的《返鄉筆記》是馬提尼克和非
洲黑人文學的基石。
** 畢阿史拉則，彝族歷史上著名的祭司和文化傳承人。
*** 朵囉荷舞，彝族一種古老的原始舞蹈。
**** 達里阿宗，彝族歷史上一匹名馬的名字。
***** 英雄結，彝族男人的一種頭飾。

雪豹

失踪在雪域的空白裡，
或許是影子消遁在大地的子宮，
夢的奔跑、急速、跳躍……
沒有聲音的跨度，那力量的身姿，
如同白天的光，永恆的弧形。

沒有嗚咽的銀子，獨行
在黎明的觸角之間，只守望
祖先的領地和疆域，
遠離鐵的鏽迹，童年時的記憶往返，
能日睹父親的腰刀，
插進岩石的生命，聆聽死亡的靜默。

高貴的血統，冠冕被星群點燃，
等待濃霧散去，復活的號手，
每一個早晨，都是黃金的巫師，
吹動遺忘的頌辭。從此
不會背離，法器握在時間之中，
是在誰的抽屜裡？在閃電尖叫後，
簽下了這一張今生和來世的契約。

光明的使臣，讚美詩的主角，
不知道一個詩人的名字，在哪個時刻，
穿過了靈魂的盾牌，儘管
意義已經搗碎成葉子。痛苦不堪一擊。
無與倫比的王者，前額垂直著，
一串串閃光的寶石。誰能告訴我？
就在哪一個瞬間，我已經屬於不朽！

分裂的自我

我注定要置於分裂的狀態
因為在我還沒有選擇的時候
在我的軀體裡——誕生和死亡
就已經開始了殊死的肉搏
當我那黑色的意識
即將沉落的片刻
它的深淵卻在升高
箭矢穿透的方向
既不朝向天堂！
更不面向地獄！
我的一部分臉頰呈現太陽的顏色
苦蕎麥的渴望——
在那裡自由地瘋長
而我的另一部分臉頰
卻被黑暗吞噬
消失在陌生城市的高樓之中
我的左耳能聽見
一千年前送魂的聲音
因為事實證明——
它能承受時間的暴力
它能用無形的雙手
最快地握住——

那看不見的傳統和血脈

它能把遺忘的詞根

從那冰冷的灰燼中復活

然而，我的右耳卻什麼也聽不見

是鋼鐵的聲音已經將它殺死！

我的兩隻眼睛

一隻充滿淚水的時候

另一隻乾渴如同沙漠

那是我的眼睛

一隻隱藏著永恆的——光明！

一隻噴射出瞬間的——黑暗！

我的嘴唇是地球的兩極

當我開口的時刻

世界只有死亡般的寂靜

當我沉默寡言——

卻有一千句諺語聲如洪鐘！

我曾擁有一種傳承

而另一種方式卻在我的背後

悄悄地讓它消失

我永遠在——差異和衝突中舞蹈

我是另一個吉狄馬加

我是一個人

身份

278

或者說──是另一隻

不知名的──淚水汪汪的動物！

穿過時間的河流——寫給雕塑家張得蒂

那是我！

那是在某個時間的驛站沒有離開的我

那是我的青春——猶如一隻鳥兒

好長時間，我不知道它的去向

今天它又奇蹟般地出現

那是我的眼睛——一片乾淨的天空！

那是我的目光——充滿著幻想！

那是我的捲髮——自由的波浪！

那是我的額頭——多麼年輕而又自信！

那是我的嘴唇——

親吻過一個民族的群山和土地

也曾把美妙的詩句

在少女的耳旁低語

那是我羊毛編織的披氈——

父親說：是雄鷹的翅膀！

那是我胸前的英雄綬帶——

母親說：預言了你的明天和未來！

那是我！那一定是我！

是你用一雙神奇的手，穿過時間的河流

緊緊地——緊緊地——

抓住了十八歲的——我！

身份

影子

我曾寫下過這樣的詩句
凡是人——
我們出生的時候
只有一種方式
無一例外，我們
都來自母親的子宮
這或許——
就是命運用左手
在打開誕生
這扇前門的時候
它同時用右手
又把死亡的鑰匙
遞到了我們的手上
我常常這樣想——
人類死去的方式
為什麼千奇百怪？
完全超出了
大家的想像

巫師說：所有的影子都不相同
說完他就咬住了燒紅的鏵口！

這一天總會來臨

有一天，
這一天總會來臨，
我的靈魂會代表過去的日子，
向我的肉體致敬！
你看，從我誕生的那天開始，
肉體和靈魂就廝守在一起。

是靈魂這個寄居者，
找到了一間自己的屋子，
肉體更像永恆的面具，
也可以說它是另一張皮囊，
從最初銜來的嫩枝，
一直變成風燭殘年的老巢。

你問，為什麼我的一生充滿幻想，
那是因為，靈魂和肉體，
長久地把我——當然
還有我的全部思想，
置放於愛和死亡的爐火煎熬。

靈魂飛跑的時候，
肉體的血液也在奔騰；

有時靈魂與恐懼不期而遇，
肉體屏住了呼吸，
那驟然的緊張，
超過了觸電的顫慄。
只有在偶爾的夜晚，
靈魂才暫時離開了它的花園，
夢遊在灑滿星光的原野。

當生命遭到生活中不幸的打擊，
也許心被撕裂，
讓我驚慌的卻是──
哭泣者瞪大的眼睛。
只有無知者才會問我：
在肉體流出鮮血的時刻，
靈魂又偏偏被尖刀刺穿，
這兩者的傷痛誰為更甚？

不過有一個秘密，
我會悄悄地告訴你：
如果肉體的歡娛，
沒有靈魂與靈魂的如膠似漆，
這個世界的愛情都會死去！

塞薩爾・巴列霍*的墓地

黑石頭疊在白石頭上
在寫這句詩時，你注定會把自己的骸骨
放錯地方，那是在巴黎，秋天的風吹過
你的影子和孿生的心——
遠遠地在牆角站立，那饑餓的肉體
它已經在星期四的下午死去……

塞薩爾・巴列霍死了——
時間就在1938年10月14日這一天
他們把你埋在了巴黎——其實你還活著！
有人在另一個街區看見過你
行色匆匆，衣衫襤褸又骯髒
逐門挨戶——你伸出手——不是為自己
有人拿走了窮人唯一的一塊麵包

你為不幸的人們吶喊，而上帝
卻和你玩最古老的骰子遊戲
誰能說——命運的賭徒——只飲苦難的黑杯
你曾告訴世界的孩子們
假設——擔心——西班牙從天上掉下來
然而卻始終沒有一雙手
在你掉落深淵的一剎那——用大盤托住！

身份
284

薩塞爾・巴列霍——

在聖地亞哥・德・丘科的故鄉

我知道——你看見我了——佇立在你的墓地上

你的家人都在這裡沉睡，午後的陽光

正跟隨雜草的陰影留下一片虛空……

其實不用懷疑，你的遺骸雖然不在這裡

可我能真實地感覺到——你的靈魂在哭泣！

---

* 塞薩爾・巴列霍（1892-1938），秘魯現代詩人，生於安地斯山區，父母皆有印第安人血統。他是秘魯最重要的詩人，也是拉美現代詩最偉大的先驅之一。

寫給母親

你怎能抗拒那歲月的波濤
一次次將堤岸——錘打！
怎能抗拒你的眼睛——我的琥珀瑪瑙
失去了少女時的光澤
怎能阻止時間的殺手，潛入光滑的肌膚
無法脫逃，這魔法般的力量
修長的身材，不等跨下新娘的馬鞍
黑色的辮子，猶如轉瞬即逝的閃電
已變成稀疏的青絲
低垂下疲倦的頭，當下的事物已經模糊
童年的影子——陷入遙遠的別離
青春的老屋——只從夢境裡顯現
閃光的銀飾啊——彝人的女王
那百褶裙的波浪讓忌妒黯然失色
你目睹了人世間的悲歡和離合
向這一切告別——還沒讓你真的回望
所有的同代的姊妹啊——
都已先後長眠在火葬地的靈床
是的，誰能安慰你——索取那逝去的日曆！
是的，誰能給予你——那無法給予的慰藉！

追問

從冷兵器時代——直到今天
人類對殺戮的方法
不斷翻新——這除了人性的缺陷和偽善
還能找出什麼更恰當的理由？

我從更低的地方
注視著我故鄉的蕎麥地
當微風吹過的時候
我看見 ——蕎麥尖上的小珠兒閃閃發光
猶如一顆顆晶瑩的眼淚！

不死的繆斯──寫給阿赫瑪托娃*

我把你的頭像刻在──一塊木頭上

你這俄羅斯的良心！

有人只看見了──

你的優雅、高貴和那來自骨髓深處的美麗

誰知道你也曾一次次穿過地獄！

那些詛咒過你的人──

不用懷疑──他們的屍骨連同流言蜚語

早已腐爛在時間的塵土

那是你！──寒風吹亂了一頭秀髮

你排著隊，緩緩地行進在探監者的隊伍

為了看一眼兒子，送去慈母的撫慰

你的肩頭披著蔚藍色的披肩

一雙眼睛如同聖母的眼睛──

它平靜如初，就像無底的深潭

那是你！──爐火早已熄滅，雙手已經凍僵

屋外的暴風雪吼叫著，開始拍打命運的窗櫺

儘管它也無法預知──

明天迎接你的是生還是死？

你不為所動，還在寫詩，由於興奮和顫慄

臉上泛起了少女時候才曾有的紅暈 ⋯⋯

---

* 阿赫瑪托娃（1889-1966），二十世紀俄羅斯最偉大的詩人一，同時也被公認
　　為世界最偉大的詩人之一。

身份

致瑪麗娜·茨維塔耶娃[*]

你曾說一百年後
人們將會多麼地愛你
你也曾寫下過——
那淚水一般晶瑩的詩歌！
有誰看見你兩片嘴唇翕動？
有誰聽見你的哀號和嘆息？
如果真的是這樣——
在你的身旁，在那個瞬間
我們將會經受怎樣的窒息？！

誰說要一百年後的那一天
才會有人去把你找尋
誰說要整整一百年的光景
一個靈魂與另一個靈魂
才能在那個時辰相遇
我不相信！因為在俄羅斯
在你生活過的寓所
我親眼目睹———個小小的十字架
被你掛在了窗子的上方
這或許就是宿命 ——早已注定
你這羅斯大地上真正的祭師

——將像上帝那樣
背負著自己的十字架——緊咬著嘴唇！

茨維塔耶娃——詩歌女王！
勿需再為你加冕
你的詩歌和名字一樣沉重
你選擇詩歌——
就如同選擇養育你的語言
你完全有理由再次離去
（就是離去，你也將永遠生活在
貧窮、拮据和無望的苦戀之中）
然而你卻——
至死沒有離開自己的祖國！

茨維塔耶娃，今天有無數蒼白的詩人
在跟著你的詩句寫詩
其實他們永遠不會知道
他們偷走的只是幾個簡單的詞句
因為他們不具備有一顆
苦難、悲憫、狂亂和鮮血鑄成的心！

茨維塔耶娃，我的姐姐——
無人知曉你真實的墓地
我只能仰望那遼闊無邊的蒼穹
用全部的心靈向你致意！
是你讓我明白了——
如何寫下肝腸寸斷的詩句！

---

* 瑪麗娜・茨維塔耶娃（1892-1941），二十世紀俄羅斯最偉大的詩人、散文家
之一，同時也被公認為世界最偉大的詩人之一。

吉狄馬加詩集
291

聖地和樂土

在那裡。在那青海湖的東邊，
風一遍遍，吹過了
被四季妝點的節日。
儘管我找不到鳥兒飛行的方向，
但我卻能從不同的地方，
遠遠地眺望到
那些星羅棋布的莊廓。
並且我還能看見，兩隻雪白的鴿子，
如同一對情侶般的天使，
一次又一次消失在時間的深處！
在那裡——天空是最初的創造，
布滿了彩陶雲霓一樣的紋路，
以及踩高蹺人的影子，這樣的慶典，
已經成為千年的儀式！
誰是這裡的主人？野牦牛喉管裡
噴射的鮮血，見證了公正無私的太陽，
是如何照亮了這片土地。
在那裡。星月升起的時間已經很久，
傳說淨化成透明的物體。
這是人類在高處選擇的
聖地和樂土。在這裡——
河流的光影上湧動著不朽者

輪迴的名字。這裡不是宿命的開始，
而是一曲光明和誕生的頌歌。
無數的部族居住在這裡，
把生和死雕刻成了神話。
在那裡。在高原與高原的過渡地帶，
為了生命的延續，頌辭穿越了
虛無的城池，最終抵達了
生殖力最強的流域。在那裡——
小麥的清香從遠處傳來，溫暖的
灶坑裡烘烤著金黃的土豆。
在那裡——花兒與少年，從生唱到死，
從死唱到生，它是這個世界
最為動人心魄的聲音！
不知有多少愛情的故事，
在他（她）們的對唱中，潛入了
萬物的靈魂和骨髓。在那裡——
或許也曾有過小小的紛爭，
但對於千百年來的和睦共處，
它們又是多麼的微乎其微。
是偉大的傳統和歷史的恩賜，給與了
這裡的人民無窮無盡的生存智慧！
在那裡——在那青海湖的東邊，

在那一片高原谷地，或許這一切，
總有一天都會成為一種記憶。
但是這一切，又絕不僅僅是這些。
因為在這個星球上，直到今天
人類間的殺戮並沒有消失和停止。
在那裡——在那青海湖的東邊！
人類啊！這是比黃金更寶貴的啟示，
它讓我們明白了一個真理——
那就是永久的和平和安寧，只能來自於
包容、平等、共生、互助和對生命的尊重！

而不會再有其它！

我們的父親——獻給納爾遜·曼德拉

我仰著頭——想念他！

只能長久地望著無盡的夜空

我為那永恆的黑色再沒有回聲

而感到隱隱的不安，風已經停止了吹拂

只有大海的呼吸，在遠方的雲層中

閃爍著悲戚的光芒

是在一個片刻，還是在某一個瞬間

在我們不經意的時候

他已經站在通往天堂的路口

似乎剛剛轉過身，在向我們招手

臉上露出微笑，這是屬於他的微笑

他的身影開始漸漸地遠去

其實，我們每一個人都知道

他要去的那個地方，就是靈魂的安息之地

那個叫庫努的村落，正準備迎接他的回歸

納爾遜·曼德拉——我們的父親

當他最初離開這裡的時候，在那金色的陽光下

一個黑色的孩子，開始了漫長的奔跑

那個孩子不是別人——那是他昨天的影子

一雙明亮的眼睛，注視著無法預知的未來

那是他童年的時光被記憶分割成的碎片

他的雙腳赤裸著，天空中的太陽

在他的頭頂最終成為一道光束

只有宇宙中墜落的星星，才會停留在

黑色部族歌謠的最高潮

只有那永不衰竭的舞蹈的節奏

能夠遺忘白色，找到消失的自信

為了祖先的祭品，被千百次地讚頌

所有的渴望，只有在被夜色

全部覆蓋的時候，才會穿越生和死

從這裡出發，就是一種宿命

他將從此把自己的生命──與數以千萬計的

黑色大眾的生命聯繫在一起

他將不再為自己而活著，並時刻準備著

為一個種族的解放而獻身

從這裡出發，只能做如下的選擇

選擇死──因為生早已成為偶然

選擇別離──因為相聚已成為過去

選擇流亡──因為追逐才剛剛開始

選擇高牆──因為夢中才會出現飛鳥

選擇吶喊──因為沉默在街頭被警察殺死

選擇鐐銬──因為這樣更多的手臂才能自由

選擇囚禁──因為能讓無數的人享受新鮮的空氣

為了這樣一個選擇，他只能義無反顧

身份

因為他的選擇，用去的時間——

不會是一天，也不會是一年，而將是漫長的歲月

就是他本人也根本不會知道

他夢想的這一天將會何時真的到來

誰會知道？一個酋長的兒子

將從這裡選擇一條道路，從那一天開始

就是這樣一個人，已經注定改變了二十世紀的歷史

是的，從這裡出發，儘管這條路上

陪伴他的將是監禁、酷刑、迫害以及隨時的死亡

但是他從未放棄，當他從那——

牢獄的窗戶外聽見大海的濤聲

他曾為人類為追求自由和平等的夢想而哭泣

誰會知道？一個有著羊毛一樣捲髮的黑孩子

曾經從這裡出發，然而他始終只有一個目標

那就是帶領大家，去打開那一扇——

名字叫自由的沉重的大門！

為了這個目標，他九死一生從未改變

誰會知道？就是這個黑色民族的驕子

不，他當然絕不僅僅屬於一個種族

是他讓我們明白了一個真理，那就是愛和寬恕

能將一切仇恨的堅冰溶化

而這一切，只有他，因為他曾經被另一個

自認為優越的種族國家長時間地監禁
而他的民族更是被奴役和被壓迫的奴隸
只有他，才有這樣的資格——
用平靜而溫暖的語言告訴人類
——「忘記仇恨」！
我仰著頭——淚水已經模糊了雙眼
我長時間注視的方向，在地球的另一邊
我知道——我們的父親——他就要入土了
他將被永遠地安葬在那個名字叫庫努的村落
我相信，因為他——從此以後
人們會從這個地球的四面八方來到這裡
而這個村落也將會因此成為人類良心的聖地！

無題——致諾爾德

我們都擁有過童年的時光
那時候，你的夢曾被巍峨的雪山滋養
同樣是在幻想的年齡，寬廣的草原
從一開始就教會了你善良和謙恭
當然更是先輩們的傳授，你才找到了
打開智慧之門的鑰匙
常常有這樣的經歷，一個人呆望著天空
而心靈卻充盈著無限的自由
諾爾德，但今天當我們回憶起
慈母搖籃邊充滿著愛意的歌謠
生命就如同那燃燒的燈盞，轉瞬即逝
有時候它更像太陽下的影子，不等落日來臨
就已經消失得無影無踪
親愛的朋友，我們都是文字的信徒
請相信人生不過是一場短暫的戲劇
惟有精神和信仰創造的世界
才能讓我們的生命獲得不朽的價值！

雪的反光和天堂的顏色

1

這是門的孕育過程
是古老的時間，被水淨洗的痕迹
這是門——這是門！
然而永遠看不見
那隱藏在背後的金屬的嘆息
這是被火焰鑄造的面具
它在太陽的照耀下
瀰漫著金黃的倦意
這是門——這是門！
它的質感就如同黃色的土地
假如誰伸手去撫摸
在這高原永恆的寂靜中
沒有啜泣，只有長久地沉默……

2

那是神鷹的眼睛
不，或許只有上帝
才能從高處看見，這金色的原野上
無數的生命被抽象後

所形成的斑斕的符號

遙遠的遷徙已經停止

牛犢在傾聽小草的歌唱

一隻螞蟻緩慢地移動

牽引著一絲來自天宇的光

3

藍色，藍色，還是藍色

在這無名的鄉間

這是被反覆覆蓋的顏色

這是藍色的血液，沒有限止的流淌

最終凝固成的生命的意志

這是純粹的藍寶石，被冰冷的燃燒熔化

這是藍色的睡眠——

在深不可測的潛意識裡

看見的最真實的風暴！

4

風吹拂著——

在這蒼秋的高空

無疑這風是從遙遠的地方吹來的

只有在風吹拂著的時候
而時間正悄然滑過這樣的季節
當大雁從村莊的頭頂上飛過
留下一段不盡的哀鳴
此時或許才會有人親眼目睹
在那經幡的一面──生命開始誕生
而在另一面──死亡的影子已經降臨！

5

你的雪山之巔
僅僅是一個象徵，它並非是現實的存在
因為現實中的雪山，它的冰川
已經開始不可逆轉的消失
誰能忍心為雪山致一篇悼辭？
為何很少聽見人類的懺悔？
雪山之巔，反射出幽暗的光芒
它永遠在記憶和夢的邊緣浮現
但願你的創造是永恆的
因為你用一支抽象的畫筆
揭示並記錄了一個悲傷的故事！

6

那是瘋狂的芍藥

跳盪在大地生殖力最強的部位

那是雲彩的倒影，把水的詞語

抒寫在紫色的疆域

穿越沙漠的城市，等待河流的消息

沒有選擇，閃光的秋輦

搖動著羚羊奔跑的箭矢

疾風中的牦牛，冰川時期的化石

只有緊緊地握住手中的法器

占卜的神枝才會敲響預言的皮鼓

7

你告訴我高原的夜空

假如長時間地去注視

就會發現，肉體和思想開始分離

所有的群山、樹木、岩石都白銀般剔透

高空的顏色，變幻莫測，隱含著暗示

有時會聽見一陣遙遠的雷聲

我們都不知道什麼是最後的審判

但是，當我們仰望著這樣的夜空
我們會相信——
創造這個世界的力量確實存在
而最後的審判已經開始……

8

誰看見過天堂的顏色？
這就是我看見的天堂的顏色，你肯定地說！
首先我相信天堂是會有顏色的
而這種顏色一定是溫暖的
我相信這種顏色曾被人在生命中感受過
我還相信這種顏色曾被我們呼吸
毫無疑問，它是我們靈魂中的另一個部分
因為你，我開始想像天堂的顏色
就如同一個善於幻想的孩子
我常常閉著眼睛，充滿著感激和幸福
有時淚水也會不知不覺地奪眶而出……

致祖國

我的祖國
是東方的一棵巨人樹
那黃色的土地上，永不停息地
流淌著的是一條條金色的河流
我的祖國
那純粹的藍色
是天空和海洋的顏色
那是一隻鳥，雙翅上
閃動著貴金的雨滴
正在穿越黎明的拂曉

我的祖國，在神話中成長
那青銅的樹葉
發出過千百次動人的聲響
我的祖國，從來
就不屬於一個民族
因為她有五十六個兒女
而我的民族，那五十六分之一
卻永遠屬於我的祖國

我的祖國的歷史
不應該被隨意割斷

無論她承載的是

光輝的年輪，還是屈辱的生活

因為我的祖國的歷史

是一本完整的歷史

當我們讚頌唐朝的時候

又怎能遺忘元朝開闢過的疆域

當我們夢回宋詞的國度

在那裡尋找文字的力量

又怎能真的去輕視

大清開創的偉業，不凡的氣度

我說我的祖國的歷史，是一部

完整的歷史，那是因為我把這一切

都看成是我的祖國

血肉之軀不可分割的部分

我的祖國，我想對你說

當有一天你需要並選擇我們

你的選擇，一定不是簡單的

由於地域的因素，不同的背景

不僅僅是因為我們來自哪一個民族

同樣也不要因為我們的族別

而讓我們，失去了真正平等競爭的機會

身份

我的祖國，我希望我們對你的
一萬個忠誠，最終換來的
是你對我們的百分之百的信任

我的祖國
那優美的合唱，已經被證明
是五十六個民族語言的總和
離開其中任何一位歌手的參與
那壯麗的和聲都不完美
就如同我的民族的聲音
或許它來自遙遠的邊緣
但是它的存在
卻永遠不可或缺
就如同我們彝人古老的文字
它所記載的全部所有的一切
毫無疑問，都已成為了
你那一部輝煌巨著中的
足以讓人自豪的不朽的篇章

我的祖國，請原諒
我的大膽和詩人才會有的真實
我希望你看中我們的是，而只能是

作為一個人所具有的高尚的品質
卓越的能力，真正摒棄了自私和狹隘
以及那無與倫比的，蘊含在
個體生命之中的，最為寶貴的
能為這個國家和大眾去服務的犧牲精神
我的祖國，我希望並熱忱的期待著
你看中我們的是，當然也只能是
我們對你的忠誠，就像
血管裡的每一滴鮮血
都來自於正在跳動的心臟
而永遠不會是其它！

尼沙

尼沙，是一個人的名字？
或者說僅僅是一個詞
沒有任何實際的意義
要不就是一個真實的存在
是這個地球七十億人口中的一份子
不知道，是不是更早的時候
你們曾漫步街頭
你們曾穿越雨季
要不直到如今，你還悵然若失
還能回想起那似乎永遠
遺失了的碎片般的踪迹
或許這一切僅僅是個假設
尼沙，注定將擦肩而過
當一列火車疾馳穿過站臺
送行者的眼睛已被淚水迷濛
再也聽不到汽笛的鳴叫
這片刻更像置身於虛幻的場景
當然，這可能也是一個幻覺
尼沙，或許從未存在過
無論是作為一個人，還是
作為語言中一個不存在的詞
它只是想像中的一種記憶

永遠無法判定有多少真實的成分
因為隔著時空能聽到的
只是久遠的模糊的聲音
我不知道，你是否真的
開始過無望的漫長的尋找
如果不是命運真的會再給你一次機會
可以肯定，你敲開的每一扇門
它只會通向永恆的虛無，在那裡
有的只是消失在時間深處的影子
你不會找到半點你需要的東西
尼沙，是一個真實的存在還是幻想
我想，勿需再去尋找更多的證據
因為從那雙動人的眼睛裡，是你
看見過沙漠黎明時的微光
閃耀著露水般晶瑩的漣漪，你的
臉龐曾被另一個生命分泌的氣味和物質
籠罩，那裙裾飄動著，有夢一樣的暗花
你還記得，你匍匐在這溫暖的沙漠上
暢飲過人世間最美最甜的甘泉
而這一切，對你而言已經足夠

尼沙，是否真的存在並不重要……

口弦[*]

彈撥口弦的時候
黑暗籠罩著火塘。
伸手不見五指
只有口弦的聲音。
口弦的彈奏
是一種隱秘的詞彙
是被另一個聽者
捕獲的暗語。
它所表達的意義
永遠不會，停留在
空白的地域。
它的彈撥
只有口腔的共鳴。
它的音量
細如游絲，
它是這個世界
最小的樂器。
一旦口弦響起來
在寂靜的房裡
它的傾訴，就會
占領所有的空間。
它不會選擇等待

只會抵達，另一個
渴望中的心靈。
口弦從來不是
為所有的人彈奏。
但它微弱的訴說
將會在傾聽者的靈魂裡
掀起一場
看不見的風暴！

河流

阿合諾依*──
你這深沉而黑色的河流
我們民族古老的語言
曾這樣為你命名！

你從開始就有別於
這個世界其它的河流
你穿越我們永恆的故土
那高貴莊嚴的顏色
閃爍在流動著的水面

你流淌著
在我們傳誦的史詩中
已經有數千年的歷史
或許這個時間
還要更加久長

我們的祖先
曾在你的岸邊憩息
是你那甘甜的乳汁
讓他們遺忘了
漫長征途的艱辛，以及

徐徐來臨的倦意
他們的臉龐，也曾被
你幽深的靈魂照亮

你奔騰不息
在那茫茫的群山和峽谷
那仁慈寬厚的聲音
就如同一支歌謠
把我們憂鬱的心撫慰
在漸漸熄滅的火塘旁
當我們沉沉地睡去
潛入無邊的黑暗
只有你會浮現在夢中
那黑色孕育的光芒
將把我們所有的
苦難和不幸的記憶
都全部地一掃而空

阿合諾依──我還知道
只要有彝人生活的地方
就不會有人，不知曉
你這父親般的名字

我們的詩歌，讚頌過
無數的河流
然而，對你的讚頌
卻比它們更多！

---

*　阿合諾依：彝語的意思是黑色幽深的河流，這裡即指中國西南部的金沙江，
　是作者故鄉的一條大河。

我，雪豹⋯⋯——獻給喬治・夏勒[*]

1

流星劃過的時候

我的身體，在瞬間

被光明燭照，我的皮毛

燃燒如白雪的火焰

我的影子，閃動成光的箭矢

猶如一條銀色的魚

消失在黑暗的蒼穹

我是雪山真正的兒子

守望孤獨，穿越了所有的時空

潛伏在岩石堅硬的波浪之間

我守衛在這裡——

在這個至高無上的疆域

毫無疑問，高貴的血統

已經被祖先的譜系證明

我的誕生——

是白雪千年孕育的奇蹟

我的死亡——

是白雪輪迴永恆的寂靜

因為我的名字的含義：

我隱藏在霧和靄的最深處
我穿行於生命意識中的
另一個邊緣
我的眼睛底部
綻放著呼吸的星光
我思想的珍珠
凝聚成黎明的水滴
我不是一段經文
剛開始的那個部分
我的聲音是群山
戰勝時間的沉默
我不屬於語言在天空
懸垂著的文字
我僅僅是一道光
留下閃閃發亮的紋路
我忠誠諾言
不會被背叛的詞語書寫
我永遠活在
虛無編織的界限之外
我不會選擇離開
即便雪山已經死亡

2

我在山脊的剪影，黑色的
花朵，虛無與現實
在子夜的空氣中沉落

自由地巡視，祖先的
領地，用一種方式
那是骨血遺傳的密碼

在晨昏的時光，欲望
就會把我召喚
穿行在隱秘的沉默之中

只有在這樣的時刻
我才會去，真正重溫
那個失去的時代……

3

望著墜落的星星
身體漂浮在宇宙的海洋

幽藍的目光，伴隨著

失重的靈魂，正朝著

永無止境的方向上升

還沒有開始——

閃電般的縱身一躍

充滿強度的腳趾

已敲擊著金屬的空氣

誰也看不見，這樣一個過程

我的呼吸、回憶、秘密的氣息

已經全部覆蓋了這片荒野

但不要尋找我，面具早已消失⋯⋯

4

此時，我就是這片雪域

從吹過的風中，能聆聽到

我骨骼發出的聲響

一隻鷹翻騰著，在與看不見的

對手搏擊，那是我的影子

在光明和黑暗的

緩衝地帶游離

沒有鳥無聲的降落

在那山谷和河流的交匯處
是我留下的暗示和符號
如果一隻旱獺
拼命地奔跑，但身後
卻看不見任何追擊
那是我的意念
已讓它感到了危險
你在這樣的時刻
永遠看不見我，在這個
充滿著虛妄、偽善和殺戮的地球上
我從來不屬於
任何別的地方！

5

我說不出所有
動物和植物的名字
但這卻是一個圓形的世界
我不知道關於生命的天平
應該是，更靠左邊一點
還是更靠右邊一點，我只是
一隻雪豹，尤其無法回答

這個生命與另一個生命的關係
但是我卻相信，宇宙的秩序
並非來自於偶然和混亂
我與生俱來——
就和岩羊、赤狐、旱獺
有著千絲萬縷的依存
我們不是命運——
在拐彎處的某一個岔路
而更像一個捉摸不透的謎語
我們活在這裡已經很長時間
誰也離不開彼此的存在
但是我們卻驚恐和懼怕
追逐和新生再沒有什麼區別……

6

我的足迹，留在
雪地上，或許它的形狀
比一串盛開的
梅花還要美麗
或許它是虛無的延伸
因為它，並不指明

其中的奧妙

也不會預言——

未知的結束

其實生命的奇蹟

已經表明，短暫的

存在和長久的死亡

並不能告訴我們

它們之間誰更為重要？

這樣的足迹，不是

占卜者留下的，但它是

另一種語言，能發出

寂靜的聲音

惟有起風的時刻，或者

再來一場意想不到的大雪

那些依稀的足迹

才會被一掃而空……

7

當我出現的剎那

你會在死去的記憶中

也許還會在——

剛要甦醒的夢境裡
真切而恍惚地看見我：
是太陽的反射，光芒的銀幣
是岩石上的幾何，風中的植物
是一朵玫瑰流淌在空氣中的顏色
是一千朵玫瑰最終宣洩成的瀑布
是靜止的速度，黃金的弧形
是柔軟的時間，碎片的力量
是過度的線條，黑色＋白色的可能
是光鑄造的酋長，穿越深淵的 0
是宇宙失落的長矛，飛行中的箭
是被感覺和夢幻碰碎的
某一粒逃竄的晶體
水珠四濺，色彩斑斕
是勇士佩帶上一顆顆通靈的貝殼
是消失了的國王的頭飾
在大地子宮裡的又一次復活

8

二月是生命的季節
拒絕羞澀，是燃燒的雪

泛濫的開始
野性的風，吹動峽谷的號角
遺忘名字，在這裡尋找並完成
另一個生命誕生的儀式
這是所有母性——
神秘的詞語和詩篇
它只為生殖之神的
降臨而吟誦……

追逐　離心力　失重　閃電　弧線
欲望的弓　切割的寶石　分裂的空氣
重複的跳躍　氣味的舌尖　接納的堅硬
奔跑的目標　頜骨的坡度　不相等的飛行
遲緩的光速　分解的搖曳　缺席的負重
撕咬　撕咬　血管的磷　齒唇的饋贈
呼吸的波浪　急遽的升起　強烈如初
捶打的舞蹈　臨界死亡的牽引　抽空　抽空
想像　地震的顫慄　奉獻　大地的凹陷
向外滲漏　分崩離析　噴泉　噴泉　噴泉
生命中墜落的倦意　邊緣的顫抖　回憶
雷鳴後的寂靜　等待　群山的回聲……

身份

9

在峭壁上舞蹈
黑暗的底片
沉落在白晝的海洋
從上到下的邏輯
跳躍虛無與存在的山澗
自由的領地
在這裡只有我們
能選擇自己的方式
我的四肢攀爬
陡峭的神經
爪子踩著岩石的
琴鍵，輕如羽毛
我是山地的水手
充滿著無名的渴望
在我出擊的時候
風速沒有我快
但我的鎧甲卻在
空氣中嘶嘶發響
我是自由落體的王子

雪山十二子的兄弟
九十度的往上衝刺
一百二十度的驟然下降
是我有著花斑的長尾
平衡了生與死的界限……

10

昨晚夢見了媽媽
她還在那裡等待，目光幽幽

我們注定是——
孤獨的行者
兩歲以後，就會離開保護
獨自去證明
我也是一個將比我的父親
更勇敢的武士
我會為捍衛我高貴血統
以及那世代相傳的
永遠不可被玷污的榮譽
而流盡最後一滴血

我們不會選擇恥辱
就是在決鬥的沙場
我也會在臨死前
大聲地告訴世人
──我是誰的兒子！
因為祖先的英名
如同白雪一樣聖潔
從出生的那一天
我就明白──
我和我的兄弟們
是一座座雪山
永遠的保護神

我們不會遺忘──
神聖的職責
我的夢境裡時常浮現的
是一代代祖先的容貌
我的雙唇上飄蕩著的
是一個偉大家族的
黃金譜系！

我總是靠近死亡，但也凝視未來

11

有人說我護衛的神山
沒有雪災和瘟疫
當我獨自站在山巔
在目光所及之地
白雪一片清澈
所有的生命都沐浴在純淨的
祥和的光裡。遠方的鷹
最初還能看見，在無際的邊緣
只剩下一個小點，但是，還是同往常一樣
在藍色的深處，消失得無影無蹤
在不遠的地方，牧人的炊煙
裊裊輕升，幾乎看不出這是一種現實
黑色的牦牛，散落在山凹的低窪中
在那裡，會有一些紫色的霧靄，漂浮
在小河白色冰層的上面
在這樣的時候，靈魂和肉體已經分離
我的思緒，開始忘我地漂浮
此時，彷彿能聽到來自天宇的聲音
而我的舌尖上的詞語，正用另一種方式

在這蒼穹巨大的門前，開始
為這一片大地上的所有生靈祈福……

12

我活在典籍裡，是岩石中的蛇
我的命是一百匹馬的命，是一千頭牛的命
也是一萬個人的命。因為我，隱蔽在
佛經的某一頁，誰殺死我，就是
殺死另一個看不見的，成千上萬的我
我的血迹不會留在巨石上，因為它
沒有顏色，但那樣仍然是罪證
我銷聲匿迹，扯碎夜的帷幕
一雙熄滅的眼，如同石頭的內心一樣隱秘
一個靈魂獨處，或許能聽見大地的心跳？
但我還是只喜歡望著天空的星星
忘記了有多長時間，直到它流出了眼淚

13

一顆子彈擊中了
我的兄弟，那隻名字叫白銀的雪豹
射擊者的手指，彎曲著

一陣沉悶的牛角的回聲

已把死亡的訊息傳遍了山谷

就是那顆子彈

我們靈敏的眼睛，短暫的失憶

雖然看見了它，像一道紅色的閃電

刺穿了焚燒著的時間和距離

但已經來不及躲藏

黎明停止了喘息

就是那顆子彈

它的發射者的頭顱，以及

為這個頭顱供給血液的心臟

已經被罪惡的賬簿凍結

就是那顆子彈，像一滴血

就在它穿透目標的那一個瞬間

射殺者也將被眼前的景象震撼

在子彈飛過的地方

群山的哭泣發出傷口的聲音

赤狐的悲鳴再沒有停止

岩石上流淌著晶瑩的淚水

蒿草吹響了死亡的笛子

冰河在不該碎裂的時候開始巨響

天空出現了地獄的顏色
恐懼的雷聲滾動在黑暗的天際

我們的每一次死亡，都是生命的控訴！

14

你問我為什麼坐在石岩上哭？
無端的哭，毫無理由的哭
其實，我是想從一個詞的反面
去照亮另一個詞，因為此時
它正置身於淚水充盈的黑暗
我要把埋在石岩陰影裡的頭
從霧的深處抬起，用一雙疑惑的眼睛
機警地審視危機四伏的世界
所有生存的方式，都來自於祖先的傳承
在這裡古老的太陽，給了我們溫暖
伸手就能觸摸的，是低垂的月亮
同樣是它們，用一種寬厚的仁慈
讓我們學會了萬物的語言，通靈的技藝
是的，我們漸漸地已經知道
這個世界亙古就有的自然法則

開始被人類一天天地改變

鋼鐵的聲音，以及摩天大樓的倒影

在這個地球綠色的肺葉上

留下了血淋淋的傷口，我們還能看見

就在每一分鐘的時空裡

都有著動物和植物的滅絕在發生

我們知道，時間已經不多

無論是對於人類，還是對於我們自己

或許這已經就是最後的機會

因為這個地球全部生命的延續，已經證實

任何一種動物和植物的消亡

都是我們共同的災難和夢魘

在這裡，我想告訴人類

我們大家都已無路可逃，這也是

你看見我隻身坐在岩石上，為什麼

失聲痛哭的原因！

15

我是另一種存在，常常看不見自己

除了在灰色的岩石上重返

最喜愛的還是，繁星點點的夜空

因為這無限的天際
像我美麗的身軀，幻化成的圖案

為了證實自己的發現
輕輕地呼吸，我會從一千里之外
聞到草原花草的香甜
還能在瞬間，分辨出羚羊消失的方位
甚至有時候，能夠準確預測
是誰的蹄印，落在了山澗的底部

我能聽見微塵的聲音
在它的核心，有巨石碎裂
還有若隱若現的銀河
永不復返地熄滅
那千萬個深不見底的黑洞
閃耀著未知的白晝

我能在睡夢中，進入瀕臨死亡的狀態
那時候能看見，轉世前的模樣
為了減輕沉重的罪孽，我也曾經
把贖罪的鐘聲敲響

雖然我有九條命，但死亡的來臨
也將同來世的新生一樣正常……

16

我不會寫文字的詩
但我仍然會──用自己的腳趾
在這白雪皚皚的素箋上
為未來的子孫，留下
自己最後的遺言

我的一生，就如同我們所有的
先輩和前賢一樣，熟悉並瞭解
雪域世界的一切，在這裡
黎明的曙光，要遠遠比黃昏的落日
還要誘人，那完全是
因為白雪反光的作用
不是在每一個季節，我們都能
享受幸福的時光
或許，這就是命運和生活的無常
有時還會為獲取生存的食物
被尖利的碎石劃傷

但儘管如此，我歡樂的日子
還是要比悲傷的時日更多

我曾看見過許多壯麗的景象
可以說，是這個世界別的動物
當然也包括人類，聞所未聞
不是因為我的欲望所獲
而是偉大的造物主對我的厚愛
在這雪山的最高處，我看見過
液態的時間，在藍雪的光輝裡消失
燦爛的星群，傾瀉山芬芳的甘露
有一束光，那來自宇宙的纖維
是如何漸漸地落入了永恆的黑暗

是的，我還要告訴你一個秘密
我沒有看見過地獄完整的模樣
但我卻找到了通往天堂的入口！

17

這不是道別
原諒我！我永遠不會離開這裡

儘管這是最後的領地
我將離群索居，在人迹罕至的地方

不要再追殺我，我也是這個
星球世界，與你們的骨血
連在一起的同胞兄弟
讓我在黑色的翅膀籠罩之前
忘記虐殺帶來的恐懼

當我從祖先千年的記憶中醒來
神授的語言，將把我的雙唇
變成道具，那父子連名的傳統
在今天，已成為反對一切強權的武器

原諒我！我不需要廉價的同情
我的歷史、價值體系以及獨特的生活方式
是我在這個大千世界裡
立足的根本所在，誰也不能代替！

不要把我的圖片放在
眾人都能看見的地方

身份

我害怕，那些以保護的名義
對我進行的看不見的追逐和同化！

原諒我！這不是道別
但是我相信，那最後的審判
絕不會遙遙無期……！

---

* 喬治·夏勒（George Beals Schaller，1933-），美國動物學家、博物學家、自
  然保護主義者和作家。他曾被美國《時代周刊》評為世界上三位最傑出的野
  生動物研究學者之一，也是被世界所公認的最傑出的雪豹研究專家。

附錄一　吉狄馬加主要作品目錄

《初戀的歌》，1985，四川民族出版社。

《一個彝人的夢想》，1990，民族出版社。

《羅馬的太陽》，1991四川民族出版社。

《吉狄馬加詩選譯》（彝文版），1992，四川民族出版社。

《吉狄馬加詩選》，1992，四川文藝出版社。

《遺忘的詞》，1998，貴州人民出版社。

《吉狄馬加短詩選》，2003，香港銀河出版社。

《吉狄馬加的詩》，2004，四川文藝出版社。

《時間》，2006，雲南人民出版社。

《吉狄馬加的詩與文》，2007，人民文學出版社。

《吉狄馬加演講集》，2011，四川文藝出版社。

《為土地和生命而寫作——吉狄馬加訪談及隨筆集》，2011，青海人民出版社。

《吉狄馬加的詩》（補充版），2012，四川文藝出版社。

《鷹翅與太陽》，2009，作家出版社。

《天涯海角》（意人利文版），2005，羅馬伊姆普羅特出版社。

《秋天的眼睛》（馬其頓文版），2006，馬其頓共和國斯科普里學院出版社。

《「睡」的札弦》（保加利亞文版），2006，保加利亞國家作家出版社。

《吉狄馬加詩歌選集》（塞爾維亞文版），2006，「斯姆德雷沃詩歌之秋」國際詩歌節出版。

《秋天的眼睛》（馬其頓文版），2006，馬其頓斯科普里學院出版社。

《時間》（捷克文版），2006，捷克芳博斯文化公司出版。

《彝人之歌》（德文版），2007，德國波鴻項目出版社。

《時間》（法文版），2007，法國友豐出版社。

《時間》（英文版），2007，英國中國之聲傳播有限公司出版。

《時間》（波蘭文版），2007，波蘭埃德瑪薩雷克出版社。

《時間》（委內瑞拉版），2008，委內瑞拉卡斯塔利亞出版社。

《時間》（韓文版），2009，韓國文學與知性出版社。

《時間》（阿根廷版），2011，阿根廷船頭出版社。

附錄二　吉狄馬加主要獲獎目錄

1985年，組詩《自畫像及其它》獲中國第二屆民族文學詩歌一
　　　　等獎。

1986年，《獵人的世界》獲1984-1985年度《星星》詩歌創作獎。

1988年，詩集《初戀的歌》獲中國第三屆新詩（詩集）獎。

1988年，組詩《吉狄馬加詩十二首》獲中國四川省文學獎。

1988年，詩集《初戀的歌》獲郭沫若文學獎榮譽獎。

1988年，組詩《自畫像及其它》獲郭沫若文學獎榮譽獎。

1989年，組詩《一個彝人的夢想》獲中國作家協會《民族文學》
　　　　「山丹」獎。

1992年，《羅馬的太陽》獲首屆四川省少數民族優秀文學作品獎。

1993年，詩集《一個彝人的夢想》獲中國第四屆民族文學詩集獎。

1994年，獲莊重文文學獎。

2006年，被俄羅斯作家協會授予肖洛霍夫文學紀念獎章和證書。

2006年，保加利亞作家協會為表彰他在詩歌領域的傑出貢獻，特
　　　　別頒發證書。

2008年，獲得國際自然電影電視節組織頒發的「勝象獎」。

2011年，獲《詩歌月刊》年度詩人獎。

2011年，在北京召開的「全球視野下的詩人吉狄馬加學術研討
　　　　會」上被波蘭華沙之秋詩歌節組委會授予榮譽證書。

2012年，獲柔剛詩歌獎成就獎。

2012年，應塞薩爾‧巴列霍誕辰一百二十周年紀念活動邀請，被
　　　　秘魯特魯西略大學授予榮譽證書及獎章。

讀詩人49　PG1344

身份
——吉狄馬加詩集

作　　者	吉狄馬加
責任編輯	鄭伊庭
圖文排版	連婕妘
封面設計	蔡瑋筠

出版策劃	釀出版
製作發行	秀威資訊科技股份有限公司
	114 台北市內湖區瑞光路76巷65號1樓
	電話：+886-2-2700-3638　傳真：+886-2-2796-1377
	服務信箱：service@showwe.com.tw
	http://www.showwe.com.tw
郵政劃撥	19563868　戶名：秀威資訊科技股份有限公司
展售門市	國家書店【松江門市】
	104 台北市中山區松江路209號1樓
	電話：+886-2-2518-0207　傳真：+886-2-2518-0778
網路訂購	秀威網路書店：http://www.bodbooks.com.tw
	國家網路書店：http://www.govbooks.com.tw
法律顧問	毛國樑　律師
總 經 銷	聯合發行股份有限公司
	231新北市新店區寶橋路235巷6弄6號4F
	電話：+886-2-2917-8022　傳真：+886-2-2915-6275

出版日期	2015年10月　BOD一版
定　　價	420元

Printed in Taiwan

國家圖書館出版品預行編目

身份：吉狄馬加詩集 / 吉狄馬加著. -- 一版. --
臺北市：釀出版, 2015.10
　　面；　公分. -- (讀詩人；PG1344)
BOD版
ISBN 978-986-445-010-7(平裝)

851.487　　　　　　　　　　104007730

讀者回函卡

感謝您購買本書，為提升服務品質，請填妥以下資料，將讀者回函卡直接寄回或傳真本公司，收到您的寶貴意見後，我們會收藏記錄及檢討，謝謝！
如您需要了解本公司最新出版書目、購書優惠或企劃活動，歡迎您上網查詢或下載相關資料：http:// www.showwe.com.tw

您購買的書名：＿＿＿＿＿＿＿＿＿＿＿＿＿＿＿＿＿＿＿＿＿＿＿＿

出生日期：＿＿＿＿＿＿年＿＿＿＿＿月＿＿＿＿＿日

學歷：□高中 (含) 以下　　□大專　　□研究所 (含) 以上

職業：□製造業　□金融業　□資訊業　□軍警　□傳播業　□自由業
　　　□服務業　□公務員　□教職　　□學生　□家管　　□其它＿＿＿

購書地點：□網路書店　□實體書店　□書展　□郵購　□贈閱　□其他

您從何得知本書的消息？

　　□網路書店　□實體書店　□網路搜尋　□電子報　□書訊　□雜誌
　　□傳播媒體　□親友推薦　□網站推薦　□部落格　□其他＿＿＿＿＿

您對本書的評價：(請填代號　1.非常滿意　2.滿意　3.尚可　4.再改進)

　　封面設計＿＿＿　版面編排＿＿＿　內容＿＿＿　文／譯筆＿＿＿　價格＿＿＿

讀完書後您覺得：

　　□很有收穫　□有收穫　□收穫不多　□沒收穫

對我們的建議：＿＿＿＿＿＿＿＿＿＿＿＿＿＿＿＿＿＿＿＿＿＿＿＿

＿＿＿＿＿＿＿＿＿＿＿＿＿＿＿＿＿＿＿＿＿＿＿＿＿＿＿＿＿＿＿＿

＿＿＿＿＿＿＿＿＿＿＿＿＿＿＿＿＿＿＿＿＿＿＿＿＿＿＿＿＿＿＿＿

11466
台北市內湖區瑞光路 76 巷 65 號 1 樓

秀威資訊科技股份有限公司　　　收

BOD 數位出版事業部

....

（請沿線對折寄回，謝謝！）

姓　　名：_____ 　年齡：_____ 　性別：□女 　□男

郵遞區號：□□□□□

地　　址：_____

聯絡電話：(日) _____ (夜) _____

E-mail：_____